Oskar Kroon

Warten auf Wind

Oskar Kroon

WARTEN AUF WIND

Aus dem Schwedischen
von Stefan Pluschkat

HUMMEL
BURG

Bibliografische Information der Deutschen Nationalbibliothek:
Die Deutsche Nationalbibliothek verzeichnet diese Publikation in der Deutschen Nationalbibliografie. Detaillierte bibliografische Daten sind im Internet auf *www.dnb.d-nb.de* abrufbar.

MIX
Papier aus verantwortungsvollen Quellen
FSC® C111262

Die Übersetzung dieses Titels wurde finanziell unterstützt von:
Kulturrådet / The Swedish Arts Council

SWEDISH
ARTSCOUNCIL

Quellenangabe:
S. 243 – Adam Gottlob Oehlenschläger: »Lehr mich sterben« (1814, übersetzt von K. Schumacher). In: Ludwig Erk, Friedrich Erk, Wilhelm Greef (Hrsg.): *Chorbuch des »Sängerhain«*. Ausgabe B, 2. Band, Verlag Baedecker, Essen (1899), S. 96 f.

1 3 5 4 2

First published by Brombergs Bokförlag, Stockholm, 2019
German edition published in agreement with Koja Agency.

Die Originalausgabe erschien 2019
unter dem Titel »Vänta på vind« bei Brombergs Bokförlag.

Covergestaltung: Felicitas Horstschäfer

Printed in Germany
ISBN 978-3-7478-0035-5

www.hummelburg.de

Draußen vor dem Fenster sieht man die Spuren des Sturms.

Wir sind jetzt allein, Mama und ich. Gehen schweigend durch die kahlen Flure.

Wir sehen frischgebackene Eltern, die strahlen. Alte und Kranke mit leeren Augen. Jeden Moment könnten sie zusammenbrechen und sterben. Aus einem Aufzug wird ein Bett mit einem bärtigen Mann geschoben, der stumpf vor sich hin starrt. Ärzte eilen vorbei, Kinder weinen, Papas trösten.

Plötzlich taucht vor uns die Cafeteria auf, hier können wir kurz verschnaufen.

»Tief durchatmen«, sagt Mama und kneift die Augen zusammen, aber nervös ist sie trotzdem.

Sie bestellt Kaffee, ich nehme eine Limo, würde aber viel lieber Opas Rhabarbersaft trinken.

»Ich weiß, dass du zurückwillst«, sagt Mama und nickt in die hintere Ecke der Cafeteria, aber ich sehe dort nur die Tür zu den Toiletten.

»Zurück auf die Insel, meine ich.«

»Ja, schon,« sage ich.

»Aber Papa möchte dich so gerne sehen. Und ich hab dich so vermisst.«

Kurz sieht es aus, als würde sie gleich wieder weinen, worauf ich jetzt echt keinen Nerv habe, aber dann beugt sie sich vor und streicht mir über die Wange. Ich drehe mich weg, obwohl ich sie wahrscheinlich lassen sollte.

»Das alles war nicht leicht für dich«, sagt sie, »für keinen von uns.«

»Für Papa schon«, sage ich und starre weiter zur Toilettentür.

Rumsitzen und reden …

»Auch für Papa nicht, mein kleiner missmutiger Liebling.«

»Kannst du endlich aufhören, mich Liebling zu nennen? Lass es einfach.«

Dann sind wir eine Weile still. Nur ein paar einzelne Seufzer von Mama.

»Für Papa war es auch nicht leicht«, wiederholt sie dann, und ich fasse es nicht, dass sie ihn in Schutz nimmt.

»Mmh, schon klar …«

»Vinga –«

»Habt ihr überhaupt miteinander gesprochen, Papa und du?«

Mama lacht. »Natürlich haben wir miteinander gesprochen. Das ist doch wohl klar. Natürlich sprechen wir miteinander.«

»Aha, schön für euch.«

Verletzt senkt sie den Blick.

»Schön, dass ihr miteinander redet. Schön, dass alles so klar ist. Echt super«, sage ich.

»Ja.«

Dann schweigen wir wieder. Bis Mama mit einem Ruck aufsteht. Jetzt ist es so weit. Sie stößt einen tiefen Seufzer aus und drückt mich ganz fest an sich.

»Mein Liebling«, flüstert sie.

Sie kann es einfach nicht lassen, aber diesmal sage ich nichts.

Dann geht es zurück zu den Fluren und Aufzügen und Treppen, aber Mama scheint zu wissen, wo wir hinmüssen.

Klar, sie hat ja *mit Papa gesprochen*.

Ich fange an, ihr von den Pottwalen zu erzählen, denn man kann ja nicht die ganze Zeit schweigen. Inzwischen bin ich gut darin, von den Tieren zu erzählen, die tief im Ozean leben. Außerdem halte ich es nicht aus, über alles andere nachzudenken.

Wahrscheinlich hört Mama mir gar nicht zu, aber ich rede trotzdem weiter. Darüber, dass Wale ganz allein leben, in der Tiefe des Meeres, manchmal wochenlang durch die Ozeane schwimmen und dabei traurige Lieder singen, die kilometerweit zu hören sind. Dass sie sich trotzdem zusammen um die Jungtiere kümmern, sich gegenseitig helfen. Dass sie bis zu drei Kilometer tief tauchen können und selbst in pechschwarzer Dunkelheit den Weg finden. Dass es die Meere ohne sie gar nicht gäbe. Dass die Erde aufhören würde, sich zu drehen, wenn die Pottwale nicht ständig um sie herumschwämmen, Runde um Runde um Runde.

»Hast du gewusst, dass Pottwale von allen Tieren das größte Gehirn haben?«

Mama guckt starr geradeaus.

»Da!«, sagt sie plötzlich. »Da vorne ist es.«

»Ob sie auch das größte Herz haben, weiß ich allerdings nicht, vielleicht sind Elefanten …«

Wir gehen durch eine Glastür. Dahinter setzt Mama sich auf einen der grünen Stühle an der Wand.

»Ich warte hier«, sagt sie und zeigt auf die Tür, die ich jetzt wohl öffnen soll.

»Kommst du nicht mit?«, frage ich.

»Geh du vor, ich komme später nach.«

Als sie das sagt, verändert sich ihr Gesicht. Ein Zucken, wie wenn man gleich lachen muss, oder wenn Tränen nicht richtig rauswollen. »Sag, dass ich nachkomme, dann wissen sie Bescheid. Na los!«

Sie deutet auf die Tür, aber ich rühre mich nicht vom Fleck. Ich will das alles nicht. Verdammt, ich will einfach nur zurück auf die Insel. Zurück zu Rut, zu Opa, zum Boot, zum Sommer …

»Wusstest du, dass ein neugeborener Pottwal eine Tonne wiegt?«

»Mach schon, Vinga«, sagt Mama.

Dann drückt sie mich noch einmal ganz fest. Hinter ihr ist ein großes Fenster, das zum Krankenhauspark zeigt. Überall abgebrochene Äste und Müll, umgefallene Schilder und vom Dach gerissene Regenrinnen. Aber hier drinnen ist es still. Wie nach einer Naturkatastrophe. Nur ein leises Surren, dann schreit irgendwo ein Baby. Schritte auf dem Flur und eine brummende Kaffeemaschine.

Eigentlich muss ich nur zur Tür gehen und anklopfen. Das ist alles.

Das ist alles.

DIE INSEL – EIN PAAR WOCHEN ZUVOR

Abends sitze ich immer hier oben auf der Klippe. Ich schaue aufs Meer hinaus und warte, dass die Sonne darin versinkt. Ich hab meine Schiffermütze auf dem Kopf und das Herz am richtigen Fleck. Ich träume von Aberdeen, Lissabon und Valparaíso. Von fremden Häfen und entlegenen Orten.

Da unten im Meer gibt es so viel zu entdecken. Jetzt am Abend wirkt es fast ein bisschen ausgestorben, aber unter der Oberfläche ist jede Menge Leben und Bewegung. Randvoll mit Geheimnissen ist das Meer. Genauso wie der Himmel. Erst ziehen dort oben schwarze Schatten vorbei, und dann, in der Nacht, leuchten die Sterne. So groß, so weit weg.

»Einfach unglaublich«, sagt Opa. Dann seufzt er, und sein Blick wandert zurück zur Erde. »Die Ewigkeit und die Unendlichkeit.«

Die Ewigkeit und die Unendlichkeit.

Manchmal drehe ich mich um und schaue zu Opas Haus. Eigentlich sieht es eher aus wie eine kleine quadratische Scheune. Wenn es dunkel wird, leuchtet die weiß gekalkte Fassade. Aus dem Schornstein steigt Rauch auf. Rauf in die Unendlichkeit.

Wenn in den Fenstern Licht brennt, weiß ich, dass Opa gerade in der Küche werkelt. Er kocht Tee und deckt den Tisch. Und summt irgendein altes Seemannslied.

Ich bleibe auf der Klippe, bis die Sonne verschwunden ist. Spüre, wie die feuchte Luft und der Meeresduft heraufsteigen. Denke an Nachtsegelfahrten über den Ozean und die Wale, die friedlich in der schwarzen Tiefe schlummern. An Thunfische und Riesenkraken. An Algen, Seegras und all die zwielichtigen Hafenviertel, die draußen in der Welt auf mich warten.

Und ich denke an das Boot unten am Steinstrand. An die kleine Schnigge, die auf ihre Jungfernfahrt wartet.

Aber an Papa und Angelica denke ich nicht. Die sind weit weg mit ihrem Glück und ihrem tollen Balkon, auf dem sie Tomaten ziehen.

Die Hitze hält sich hier draußen, tagein, tagaus, von früh bis spät, man schwitzt wie verrückt, aber normal ist das alles nicht.

Der Sommer ist überall und so brennend heiß, dass alles austrocknet. Das Gras ist gelb, und bei jedem Schritt wirbelt Staub auf. Alle hoffen auf Regen. Im Radio wird von Waldbränden und Wassermangel auf dem Festland berichtet. Davon, dass alte Leute an Hitzschlag sterben und Einweggrills jetzt verboten sind.

Ich rücke meine Mütze zurecht und werfe einen letzten Blick zum Leuchtturm, um zu schauen, ob er auch leuchtet. Dann gehe ich zurück zum Haus.

Der Leuchtturm ist natürlich immer in Betrieb, aber Opa meint, man muss ihn trotzdem kontrollieren.

»Wir wollen ja nicht, dass hier in der Nacht ein Schiff auf die Klippe läuft«, sagt er. Hat er schon immer gesagt.

Insgeheim wünsche ich mir das aber manchmal. Weil Opa und ich dann rausrudern und die Schiffbrüchigen retten könnten. Wir würden die ganze Nacht auf dem Meer verbringen, am Morgen mit letzter Kraft die Anhöhe hochklettern und uns in Opas Haus vor dem Kamin aufwärmen. Wir könnten den Schiffbrüchigen Zwieback und Schnaps anbieten, und sie würden uns von all ihren Abenteuern erzählen, von den Frachtgütern und exotischen Tieren, Meeren und Hafenkneipen. *Die Gekenterten,* denke ich. *Die Schiffbrüchigen.* Auf der Seekarte würden sie uns zeigen, wo sie überall gewesen sind.

Aber der Leuchtturm ist an.

Auch der Albatros lässt sich nicht blicken.

Eigentlich lässt er sich nie blicken, nur Opa hat ihn einmal gesehen. Behauptet er jedenfalls.

Die letzten Meter zum Haus renne ich immer. Dann freue ich mich schon auf drinnen. Sollen die Dämmervögel ihre traurigen Lieder für jemand anderen singen. Oder fürs Meer.

Auf der Insel ist alles wie immer.

Das Leben geht hier weiter, trotz Naturkatastrophen und Problemen auf dem Festland. Selbst an den klarsten Tagen sieht man nicht weiter als bis zum Horizont. Der Rauch weht nicht bis hierher, und von Sirenen ist auch nichts zu hören. Wie immer schlurfen die alten Latzhosenmänner herum und tragen Zeug durch die Gegend. Oder sie hocken auf irgendeiner Bank und grinsen, wenn man an ihnen vorbeigeht.

Früher dachte ich immer, ihr Grinsen wäre freundlich, aber inzwischen bin ich mir da nicht mehr so sicher.

Wie immer brüten die Vögel in Opas Nistkästen, und wie immer ist der Flieder längst verblüht.

»Jetzt hast du ihn auch dieses Jahr verpasst«, sagt Opa, als wir unterm Fliederbaum im Schatten sitzen und Rhabarbersaft schlürfen.

Ein paar Wochen vor dem letzten Schultag rief Opa bei uns an und sagte: »Jetzt blüht er!« Danach wollte ich nur noch weg aus der Stadt. Mama meinte, ich sei die ganze Zeit mies gelaunt und muffig, dabei war sie viel schlimmer.

Ja, der Flieder ist verblüht, aber die Vögel singen weiter.

Wie immer holt Opa abends nach dem Tee und dem Zwieback das Schiffsschach raus. Er zündet seine Pfeife an, und manchmal schenkt er auch ein Schnäpschen ein, aber nur für sich natürlich.

Wenn ich nach Hause fahre und an der neuen Schule anfange, bin ich bestimmt die beste Schachspielerin der ganzen Stadt, sagt er.

Ich erzähle ihm nicht, dass ich außer ihm niemanden kenne, der Schach spielt, dass ich außer ihm vielleicht überhaupt niemanden kenne. Und den Gedanken an *die neue Schule* versuche ich sofort zu verscheuchen.

»Schachmatt«, sagt Opa. Noch nie habe ich gegen ihn gewonnen.

Danach hören wir wie immer den Seewetterbericht im Radio.

Es wird gewarnt vor der extremen Brandgefahr in Wäldern und auf den Feldern. Vielerorts wüten die Brände schon, Menschen müssen evakuiert werden und können nur das Allernötigste retten. Nebel über Bottenvik und Norra Kvarken, sonst beständiger Hochdruck, leichter Westwind. Gute Sicht an der Südküste der Insel Utsira.

Ein Sommer der Rekordtemperaturen.

Wenn Opa das Radio ausmacht, ist Schlafenszeit. So war es schon immer. Er zieht ein allerletztes Mal an seiner Pfeife und sagt: »Tja, wieder ein Tag rum.«

Wenn es hier Internet gäbe. Wenn ich mein Handy hätte. Dann würde ich mir jetzt bestimmt noch irgendwas angucken oder Musik hören. Aber hier draußen gibt es nur das Meer, und ich male mir aus, wo ich überall hinsegeln könnte. Im Bett schaue ich mir noch eine Weile Opas Seekarten an, träume von Inseln und Schären und Meeresgräben und Sandbänken, während Opa in der Küche rödelt. Dann kommen die Seemannslieder. Opa pfeift nur, aber ich kenne den Text. Das Lied handelt von der Brigg Bluebird, die dazu verdammt ist, ein Wrack zu werden.

Irgendwann höre ich die Tür, weil Opa Holz holen geht. Das brauchen wir morgen früh, um Kaffee und Haferbrei zu kochen.

Aber wie er zurückkommt, höre ich nie. Dann schlafe ich schon.

Ja, auf der Insel ist alles wie immer.

Fast jedenfalls.

Denn in mir drin ist etwas anders.

Und dann ist da noch die Sache mit dem Boot. Mit der Schnigge.

Die Schnigge bekam ich, sobald wir allein auf der Insel waren. Opa und ich. Wir hatten Mama am Fähranleger verabschiedet und schlenderten am Strand entlang nach Hause.

Opa legte mir einen Arm um die Schultern, wie er das manchmal macht.

»Endlich allein.«

Ich konnte ihm nur zustimmen.

Endlich.

Wie sehr ich mich danach gesehnt hatte. Die letzte Zeit in der Stadt hätte ich nicht ausgehalten ohne den Gedanken an den Sommer, an Opa und die Einsamkeit hier draußen. Endlich wieder auf der Insel.

Wenn man vom Hafen zu Opa will, kann man den Weg durchs Dorf nehmen, aber wenn wir nichts Schweres zu schleppen haben, gehen wir fast immer am Strand entlang. Das dauert ein bisschen länger, aber man trifft kaum Menschen, und Opa muss nicht alle naselang stehen bleiben und mit Leuten quatschen, die zu ihm kommen und Fragen stellen und einem auf den Rücken klopfen. Am Strand sind nur die Vögel. Opa sagt dann immer ihre Namen auf: Steinwälzer, Mantelmöwe, Küstenseeschwalbe. Das hat er schon immer so gemacht.

Wenn man den Strandweg nimmt, muss man um die Leuchtturmklippe herum. Der Hafen und die Schiffe verschwinden hinter einer steilen Felswand, und vor einem liegt nur noch Meer. Über einem ragt der Leuchtturm auf, und weit draußen sieht man den Horizont. Meistens ziehe ich hier meine Schuhe aus und laufe barfuß weiter. Die runden Steine sind warm und glatt. Manchmal tut man sich ein bisschen weh, aber auf gute Weise: Von den Steinchen kriegt man nämlich Sommerfüße. Die bekomme ich immer.

Wir waren gerade am Leuchtturm vorbei, da leuchtete in der Ferne das weiße Haus, oben auf der Anhöhe. Aber bevor wir uns die steile Holztreppe hochschleppten, blieben wir noch ein bisschen am Strand und spähten zu dem Felsen, auf dem laut Opa manchmal Lummen sitzen. Aber an diesem Tag waren dort nur Möwen und Seeschwalben, Seeschwalben und Möwen.

Als wir nach Hause kamen, lag etwas auf dem Küchentisch. Ein zerknautschtes braunes Paket.

Opa hängte seine Mütze an den Haken, legte seine Pfeife in ein Schälchen und setzte Kaffee auf. Dann nickte er zum Tisch und vergrub die Hände in den Latzhosentaschen.

»Na, dann mach's mal auf«, murmelte er.

In dem Paket lag eine Schiffermütze, fast genau so eine wie Opas. Nur etwas kleiner und viel blauer und neuer.

Opa sah zufrieden aus, als er dort vorm Herd stand. Er strahlte richtig. Aber das eigentliche Geschenk war das Geschenkpapier.

Eine Karte.

Wie eine richtige Schatzkarte sah sie aus. Vergilbt, zerknittert und mit angesengten Rändern. Ich setzte mich damit an den Küchentisch und studierte sie gründlich. So macht man das mit Schatzkarten. Man runzelt die Stirn und summt ein bisschen vor sich hin.

Als ich kleiner war, hat Opa oft Schatzkarten für mich gezeichnet. Damals stellten sie meistens den Garten dar und endeten fast immer unter Opas Fliederbaum, wo er eine Lakritzpfeife oder irgendeine andere Kostbarkeit versteckt hatte.

Ich blieb eine Weile sitzen und tat so, als müsste ich grübeln, um Opa nicht zu enttäuschen. Außerdem blieb ihm so genug Zeit, um in Ruhe seinen Kaffee zu schlürfen. Opa kann echt gut zeichnen. Schiffe und Wellen und Fische und Möwen. Als ich klein war, hat er mich manchmal mit einem Kugelschreiber tätowiert. Wenn ich dann im Meer schwamm und die Anker und Möwen weggespült wurden, musste ich immer heulen. Inzwischen fragt er nicht mehr, ob ich eine Tätowierung will, aber Schatzkarten zeichnet er offenbar immer noch.

Die Karte zeigte die Insel aus der Vogelperspektive, ringsum war das Meer. Es gab hohe Wellen, und weit draußen ging gerade ein Schiff unter. Ein riesiger Krake zog es mit seinen langen Tentakeln in die Tiefe. Ich konnte den Fähranleger und das Dorf erkennen. Den Großen Wald, Opas Haus und den Holzschuppen. Die Anhöhe, den Leuchtturm und den Strand.

Und genau da war das Kreuz eingezeichnet. Der Schatz.

Am Strand, gleich unterhalb des Leuchtturms, wo wir gerade erst entlangspaziert waren.

»Ich war mir nicht sicher, ob du dafür schon zu groß bist«, sagte Opa, ohne sich umzudrehen. Ich antwortete nicht. Ich wusste es nämlich selbst nicht. Wahrscheinlich war ich tatsächlich zu groß, aber so fühlte es sich nicht an. Nicht tief in mir drin.

»Kommst du mit?«, fragte ich dann.

Da nickte er zufrieden, und seine Augenbrauen hüpften nach oben.

Noch bevor er in seine Sandalen schlüpfen und sich die Mütze aufsetzen konnte, war ich schon draußen beim Holzschuppen. Ich hatte es so eilig, dass ich nicht mal den Schafen Hallo sagte, die dort weideten. Schnurstracks flitzte ich runter zum Strand. Einen Moment lang gafften die Schafe mir nach, aber dann setzten sie ihr ewiges Gemampfe fort.

Nein, ich war noch nicht zu groß für so was.

Auf halber Treppe blieb ich stehen und wartete, bis Opa oben auftauchte.

»Lauf ruhig vor!«, rief er. »Ich kenne den Weg.«

Deshalb war ich allein, als ich das Strandstück unterhalb des Leuchtturms erreichte. Schon von Weitem sah ich es. Das Boot. Ein Holzboot. Ein Kahn? Es lag an Land, kurz vor der Klippe. Vorhin waren wir an der Uferlinie entlanggelaufen. Wahrscheinlich hatte ich das Boot übersehen oder einfach nicht darauf geachtet, aber jetzt sah ich nichts anderes mehr.

Als Opa mich einholte, stand ich stumm da und machte große Augen. Ich verstand die Welt nicht mehr.

»Es gehört dir«, sagte Opa nur.

»Mir? Das Boot?«

»Das Boot«, sagte Opa und nickte.

»Ganz sicher?«, fragte ich.

»Ganz sicher.«

Er erklärte mir, dass es sich bei dem Boot um eine kleine Schnigge handelte, aber bevor ich damit aufs Meer könnte, müsste ich sie seetauglich machen. Gleich daneben lagen ein Segel und jede Menge Stangen und Seile.

In der Schnigge gab es eine kleine Bank, auf der man sitzt, wenn man das Ruder bedient, und eine Planke mit einem Loch. Für den Mast, erklärte Opa. Aber erst müssten wir das Segel flicken und das Boot abdichten, schmirgeln, schleifen und lackieren. Und wir bräuchten neue Leinen und Wantenspanner.

Bevor wir die Schnigge zu Wasser lassen könnten, gäbe es noch allerhand zu tun. Aber wenn ich wollte, dann …

»Ich will!«

Ich schrie vor Freude und konnte mein Glück kaum fassen.

Ich rannte über den Strand, und dann drückte ich Opa so fest und so plötzlich, dass ihm die Pfeife aus dem Mund purzelte.

Mama und Papa fanden es seltsam, dass ich so lange bei Opa auf der Insel bleiben wollte. Und ich fand seltsam, dass sie es seltsam fanden.

»Aber was willst du den ganzen Sommer dort draußen machen?«, fragte Mama. »Was, wenn es nur regnet?«

Sie hätten sich echt keine Sorgen machen müssen. Schließlich habe ich jede Menge zu tun. Von morgens bis abends bin ich unten am Strand und arbeite am Boot. Und geregnet hat es bis jetzt keinen Tropfen.

Am Anfang ist Opa noch mitgekommen und hat mir geholfen. Wir haben Werkzeug und Planken, Schaber und Stahlbürsten die Treppe runtergeschleppt. Im Dorfladen hatte Opa einen Haufen Zeugs bestellt; bergeweise Dübel und Schrauben, die er im Holzschuppen versteckt hatte. Außerdem hatte er für die Schnigge verschiedene Holzteilchen geschnitzt, aber ich hatte keine Ahnung, wofür sie gut sein sollten. Opa musste mir ganz genau zeigen, was zu tun war und wo alles hingehörte.

Eines Morgens ging er dann zu seiner Nachbarin rüber, zu Ylva, der Schafbäuerin.

Ylva trägt genau so eine Latzhose wie Opa, aber ihre ist grün. Ihre grauen Haare bindet sie immer zu einem Knoten zusammen, und ihre Finger sind lang und krumm. Ylva ist Opas beste Freundin, sagt sie und umarmt einen immer ein bisschen zu fest.

Später kam sie dann auf ihrem Traktor an den Strand getuckert und half uns, das Boot auf ein paar Pfähle zu hieven, damit ich es auch von unten abschmirgeln konnte.

Sie würde gern auf die Jungfernfahrt mitkommen, sagte Ylva, aber die Jungfernfahrt gehört allein Opa und mir.

Jetzt bin ich fast immer allein am Strand. Ich weiß mittlerweile, was zu tun ist. Die meiste Zeit verbringe ich damit, den alten Lack abzukratzen und das Holz mit Sandpapier abzureiben.

Manchmal frage ich mich, wie das mit dem Segel gehen soll. Ich rolle es dann auf dem Kieselstrand aus, um es gründlich zu inspizieren. Der Stoff ist voller Risse, und da, wo einmal der Mast stecken soll, klaffen große Löcher. Wenn ich mir das Segel so ansehe, kann ich an die Jungfernfahrt noch nicht so recht glauben. Trotzdem male ich mir aus, wie ich im Boot sitze, mit der Schiffermütze auf dem Kopf und der Ruderpinne in der Hand. Wie ich einmal um die Insel segle und dann immer weiter hinaus, geradewegs Richtung Horizont. Mit Proviant an Bord. Und einer Ankertätowierung auf dem Arm.

Manchmal kommt Opa mit einem Picknickkorb vorbei. Wir setzen uns dann auf die Steine und essen belegte Brote, mit Spiegelei und Gurke. Dabei blicken wir aufs Meer hinaus, und Opa erzählt mir von den Schiffen, die früher die Insel passierten.

»Jetzt gerade sieht es ruhig aus, aber das Meer ist tückisch«, sagt er dann. Hat er schon immer gesagt.

Er zeigt hierhin und dorthin und erzählt von Felsen und Untiefen, die unter der Oberfläche lauern. Aber ich sehe nur spiegelglattes Wasser.

Dann steckt Opa seine Pfeife an und legt sich auf die Steine. Manchmal zieht er sich die Mütze ins Gesicht und hält ein Nickerchen.

Bevor er geht, streicht er immer mit seiner großen steifen Hand über die Stellen, die ich abgeschliffen habe. Und nickt.

Es ist wichtig, genau zu wissen, wie alles funktioniert. Wohin dieses eine Metalldings gehört, damit die Schnigge perfekt wird. Und natürlich darf es nicht irgendein Metalldings sein … alles ist haarklein ausgeklügelt. Ein Boot hat keine bauchige Form, damit es schön aussieht. Die Form ist schön, weil sie das Boot geschmeidig übers Meer gleiten lässt.

Die Schönheit eines Boots besteht in seiner Funktionalität, in der Anpassung an die Elemente. Sagt Opa immer. Und ich nicke dann und stimme ihm zu.

Wenn es nicht um Boote oder Vögel geht, redet Opa nicht viel.

Eigentlich hat er schon immer vor allem gesummt oder gebrummt und ab und zu gelacht. Ich mag das. Dass Opa einen nicht mit Fragen löchert. Dass er die Dinge so nimmt, wie sie sind.

Das ganze Jahr über hat Opa seine Schiffermütze auf, sie ist ausgeblichen von der Sonne und riecht nach Tabak und Meer. Er trägt ein kariertes Hemd und eine Latzhose mit großen Taschen. Und Stiefel. Wenn es kalt wird, zieht er sich eine blaue Strickjacke mit Goldknöpfen über. Sie sähe ganz schick aus, wenn sie nicht so abgetragen und kaputt wäre, dass an den Ellenbogen das Hemd vorguckt. Wenn es heiß ist, so wie jetzt, lässt Opa seine Stiefel stehen und schlüpft in ein Paar braune Sandalen.

So hat er schon immer ausgesehen, mein Opa, jedenfalls seit ich ihn kenne, und das tue ich schon ziemlich lange.

Seine grauweißen Haare sind immer zerzaust, obwohl er sich in einem fort mit der Hand darüberfährt. Manchmal mache ich ihm den Vorschlag, es mal mit einem Kamm zu probieren, aber dann schnaubt er nur. Immer in der Latzhosentasche: Pfeife, Tabak und ein kleiner roter Stift. Mit dem markiert er die Bretter, die er zurechtsägen will, und er löst Kreuzworträtsel. Im Frühling beschriftet er mit dem Stift kleine Schilder, die er an Stäbchen befestigt und im Garten aufstellt: Ackerbohnen, Möhren, Petersilie. Opas Schrift ist krakelig, wellenartig und ziemlich unleserlich. Opa schreibt wie das Meer.

Manchmal hat er ein Fernglas um den Hals hängen und ein kariertes Taschentuch in der Brusttasche. Und auf Opas Arm prangt ein Souvenir aus Südamerika: ein mächtig verwaschener Anker.

Manchmal hat Opa lauter pieksige Bartstoppeln auf den Wangen. Früher habe ich oft darübergestrichen, weil es so schön kitzelte. Aber da war ich noch klein. Manchmal würde ich es gerne wieder machen, aber das wäre komisch. Seine Arme und sogar ein paar Finger sind mit krausen grauen Haaren überwuchert. Und über seinen dunklen Augen flattern buschige Brauen. Wenn er sie runterzieht, gehen sie ihm fast bis zur Nasenspitze.

Opa ist ein an Land gegangener Seemann. Na ja, falls man überhaupt von *an Land* sprechen kann, wenn jemand auf einer Klippe im Meer lebt.

Seit Opa *an Land gegangen ist*, hat er die Insel kaum verlassen. Deshalb haben wir ihn immer besucht.

Mama, Papa und ich.

Und jetzt nur noch ich allein.

Manchmal denke ich an den Tag, an dem wir Mama am Fähranleger verabschiedet haben. Daran, wie Opa und ich dachten, endlich, endlich allein. Und dann schwirren mir die Mütze, die Schatzkarte und das Boot im Kopf herum.

Das sind schöne Erinnerungen. Aber trotzdem.

Trotzdem denke ich so oft an Papa. An all das Neue in seinem Leben. Und daran, dass ich deshalb so lange auf der Insel bleiben darf. Ich denke an das neue Zimmer, das meins werden soll, obwohl ich es nie gesehen hab und auch nicht weiß, ob ich es je sehen will. Ich denke an Angelica und die Art, wie sie mit mir redet, an ihren Schal, der nach ihr riecht.

Und ich denke an Papas Umarmung, bevor Mama und ich zur Fähre fuhren. So lang, so fest. Als wollte er mich nie wieder loslassen, und dann denke ich an seine Augen danach. Traurig, glasig. Wir standen am Auto, draußen vorm Haus. Am Auto, das früher auch Papa gehört hatte. Vor der Tür, durch die er gegangen war, wenn er nach Hause wollte. Jetzt war er nur noch ein Gast.

»Leb wohl, Vinga!«, sagte er, und seine Stimme klang so ernst. Als würde ich zu einer Weltumsegelung aufbrechen und nie mehr wiederkehren.

Hätte er »Tschüss!« gesagt und mich dann wie immer umarmt. Hätte er »Mach's gut!« gesagt, so ein bisschen gestresst, und sich dann auf den Weg gemacht. Das wäre normal gewesen. Aber stattdessen stand er da und schaute uns hinterher, als wir losfuhren. Er winkte uns nach, während wir hinterm Park abbogen und Richtung Küste verschwanden.

Normal war das nicht.

Manchmal telefoniere ich mit Papa. Aber meistens mit Mama. Opa und ich gehen dann zu Ylva, wir dürfen ihr Telefon benutzen. Opa weigert sich, eins anzuschaffen, er sagt, man lasse sich ja nicht grundlos auf einer Insel nieder, und mein Handy hat hier draußen keinen Empfang. Vielleicht, wenn man den Leuchtturm hochklettert und sich über die Brüstung lehnt, aber wer macht das schon?

Außerdem: Wer würde sich schon bei mir melden, außer Mama und Papa? Wenn ich Papa anrufe, klingt er immer so fröhlich. Ich hasse es, wenn er so klingt. Es geht ihm gut, sagt er, und dass er sich schon so freut. Worauf er sich freut, sagt er allerdings nicht, und ich traue mich nicht, ihn zu fragen. Er sagt, Angelica geht es auch gut, obwohl ich ihn nie danach frage und es auch gar nicht wissen will. Dann sagt er, dass er mich vermisst. Und ich antworte nur »äh« oder »mmh«, obwohl ich gern mehr sagen würde.

Manchmal fehlt Papa mir so sehr, dass es wehtut.

Mama klingt nie so fröhlich, obwohl ich höre, dass sie es versucht. Sie fragt, wie es mir geht, und dann sagt sie, wenn ich zurückkomme, wird alles gut. Mein Zimmer sieht aus wie immer, sagt sie, und im Herbst werden wir lauter coole Sachen unternehmen. Sie verspricht mir, dass in der neuen Schule alles besser wird. Aber so etwas kann man nicht versprechen.

Ich hasse es, dass Mama so traurig klingt.

Dann will sie noch kurz mit Opa reden. Ich setze mich zu Ylva in die Küche, und sie stellt mir Fragen zum Boot, zur Schule, zu Opa, zur Stadt, zu allem Möglichen. Ich höre nur mit einem Ohr hin, weil ich auf Opa lausche, aber ich verstehe nur: »Ja, nein, schon, hmm.«

Wenn wir von Ylva nach Hause gehen, redet Opa immer viel mehr als sonst.

Ich glaube, er versucht, mich auf andere Gedanken zu bringen, aber wenn er so ist, fühlt es sich immer an, als hätte ich Steine im Schuh.

Steine.

»Man gewöhnt sich an alles, außer an Steine im Schuh.«

Das sagt Opa immer, wenn es Probleme gibt. Während der letzten Monate hat er es ein paarmal gesagt, wenn wir telefoniert haben. Dieses Alles-wird-gut hat er nie gesagt, aber dass man sich an alles gewöhnt. Manchmal musste ich die Sache mit den Steinen im Schuh ergänzen.

Nachts habe ich oft Angst, dass Papa verschwindet. Oder schon verschwunden ist. Für immer. Ich liege wach da und weine so leise wie möglich. Um mich abzulenken, denke ich ans Boot. Aber dann taucht Papa wieder auf. Zusammen mit Angelica und ihrem Bauch, und sie redet mit mir, als wäre ich ein Baby. Sie gibt mir Spitznamen, obwohl ich ihr das nie erlaubt habe.

Währenddessen schnarcht Opa vor sich hin. Unsere Zimmer sind nur durch einen Vorhang voneinander getrennt.

Wenn ich nicht schlafen kann, träume ich vom Hafen in Lissabon und stelle mir vor, ich mustere dort von einem großen Schiff ab. Ich trage meine Schiffermütze und habe einen großen Seesack geschultert. In meinem Mund steckt eine Pfeife, und in der Hosentasche balle ich meine Hand zur Faust. Ich stelle mir vor, wie ich den Kai entlangschlendre, auf der Suche nach Sally Jones. Schließlich finde ich sie in einer Bar, im O Pelicano, und dann erzählt sie mir die ganze Nacht Geschichten vom Indischen Ozean und vom Golf von Biskaya. Vom Nordkap und vom Finnischen Meerbusen. Fidardo holt sein Akkordeon hervor, und Anna Molina singt …

Manchmal sind meine Träume ziemlich merkwürdig, aber sie fühlen sich gut an. Sie sind einfach da, die Träume und die Gedanken an das, was vielleicht eines Tages passiert. Oft kommt es mir so vor, als würde ich nur warten.

Warten auf den Wind, der mich mitnimmt und davonsegeln lässt.

Papa findet es traurig, dass ich so denke. Das hat er selbst gesagt. Er will, dass ich glücklich und zufrieden bin, aber er versteht nicht, dass es mir in meinen Träumen gut geht, auch wenn sie ein bisschen schräg sind.

»Du kannst doch nicht immer nur planen, was du in ein paar Jahren machen willst«, sagt er manchmal. »Du musst im Hier und Jetzt leben.«

»Carpe diem«, sage ich dann, um ihm klarzumachen, was für einen Quatsch er redet. Ich hoffe, er schämt sich ein bisschen, und vielleicht tut er das auch, aber dann macht er weiter: »Ich meine … du bist doch immer noch ein Kind, und das musst du auskosten, denn bald bist du erwachsen und …«

Pah! Als würden alle unter achtzehn im Paradies leben!

Ich träume jedenfalls, was ich will, ich träume mich in den Schlaf, hier im Haus auf der Insel, träume, bis ich aufwache, und dann denke ich an das Boot draußen beim Leuchtturm.

Alles ist gut, und Opa sitzt am Küchentisch und ruft:

»Reise, reise, ihr Siebenschläfer!«

Dieses »Reise, reise« klingt irgendwie seltsam, aber mittlerweile hab ich mich daran gewöhnt. Danach essen wir Haferbrei.

Unten am Strand riecht es nach verrottendem Tang. Wie immer sticht die Sonne.

Man gewöhnt sich an alles, außer an Steine im Schuh.

Mittwochs ist Kneipenabend im Dorf. Opa sagt, man muss hingehen, sonst stellen die Leute Fragen. Vorher kommt er immer zum Strand runter und holt mich ab. Er inspiziert die Schnigge, fühlt und nickt und summt.

»Das wird was«, sagt er dann. »Gut gemacht, Käpt'n.«

Ich liebe es, wenn er mich Käpt'n nennt. Das hat er schon immer gemacht, und dafür bin ich auf keinen Fall zu alt. Jedenfalls noch nicht. Nicht hier.

Wieder im Haus, zieht Opa sich um. Er schält sich aus seiner Latzhose und seinem Hemd und schleudert die Klamotten sorglos in die Ecke. Er zieht sie ja eh wieder an, sagt er. Dann schlurft er nur in Unterhose herum. Wenn ich seinen sehnigen Seemannskörper sehe, denke ich immer, so will ich auch mal aussehen. So zäh und ausgemergelt.

Aber ich weiß, dass ich anders bin.

Er schlurft also herum und tut so, als würde er darüber nachdenken, was er anziehen soll. Ich sage dann: »Den Seemannsanzug«, und er antwortet: »Nein.« Ich sage: »Das Seemannsjackett«, und Opa sagt: »Zu dreckig.« Und ich: »Den Königsmantel«, und er: »Zu schick.« Und ich: »Ein Ballkleid«, und da lacht er.

Am Ende holt er jedes Mal seinen einzigen Anzug hervor.

Der hängt, wo er immer gehangen hat, unter der Stiege zum

Dachboden. Zusammen mit Opas weißem Hemd und dem gepunkteten Schlips. Jeden Mittwoch das gleiche Spiel. Die guten Schuhe werden hervorgeholt. Aber wenn wir endlich aufbrechen, schlüpft Opa doch wieder in seine Sandalen. Die Schuhe sind so lächerlich sauber, sagt er.

»Man darf nie unnötig glänzen!«

Auch der Schlips bleibt zu Hause. Opa sagt, er trage ihn erst bei seiner Beerdigung, und bis dahin müsse das Ding gefälligst noch ein Weilchen warten.

»Versprich mir das!«, sage ich, und Opa antwortet, er tut, was er kann.

Das Dorf besteht aus einer Handvoll Häuser, die dicht beieinanderliegen, unten am Hafen. Opa und ich lassen unsere Räder stehen und gehen zu Fuß hin, sonst schlingert er auf dem Heimweg nur. Opas Haus liegt abseits, kein Ort auf der Insel ist so weit weg vom Dorf und so hoch oben, dahinter kommen nur noch das Meer und die Ewigkeit.

Wir gehen den Schotterweg runter und am Leuchtturm vorbei, wo ringsherum Schafe grasen.

Danach kommt der Große Wald, der eigentlich nur ein kleines Gehölz ist. Allmählich geht die Sonne unter, und wir hören leise die Vögel zwitschern. Opa pfeift zurück, zu den Bäumen hinüber, wie er es immer macht, und dann sagt er wieder Vogelnamen auf.

Für mich hat es Opa schon immer gegeben. Als ich klein war, hat er auf die Vögel und Bäume gezeigt und ihnen Namen geschenkt. Und dann war er enttäuscht, weil ich sie mir nicht merken konnte. Aber es gibt von allen so viele, so viele Habichte, Spatzen und Schwalben. So viele Eschen, Espen und Haselnusssträucher. Warum können Vögel nicht einfach nur Vögel und Bäume nicht einfach nur Bäume sein?

Hinter Ylvas Hof führt ein Abhang zum Dorf und zum Hafen hinunter. Von hier oben sieht man überall Meer und Horizont. Und dann dringt Stimmengewirr aus der Mittwochskneipe herauf. Sie ist in einer alten Scheune am Dorfeingang untergebracht, gleich hinter dem Friedhof, auf dem die Seemänner in Reihen begraben liegen. Inzwischen gibt es Tische und Bänke in der Scheune und bunte Lampen an der Decke. Hinter der Bar steht Ylva und verkauft Bier. Ich kriege natürlich nur Limo, und da muss ich an Papa denken. Aber nur für einen Augenblick.

In der Mittwochskneipe sitzt man auf einer Bank, trinkt Bier und isst Erdnüsse. Ringherum sitzen andere Leute, die das Gleiche machen, und mit denen redet man. Oder man schweigt. So wie ich. Hat man ein leeres Glas, schaut man, ob sonst noch jemand ausgetrunken hat. Dann geht man zur Bar und bestellt eine Runde für alle, die Nachschub brauchen und wollen. Außerdem scherzt man ein bisschen mit Ylva, die sich in der Mittwochskneipe Barfrau nennt.

Im Hintergrund läuft Musik, meistens Gitarre und Männerstimmen, die über die Liebe singen. Richtige Seemannslieder kriegt man hier selten zu hören.

Nach einem langen Abend in der Kneipe machen manchmal die Beine schlapp. Deshalb torkeln die Leute auf dem Heimweg. Opa meint, das passiert nur, weil sie zu wenig gegessen haben, und dann lächelt er.

In der Mittwochskneipe kommen ständig Leute an unseren Tisch. Meistens alte Latzhosenmänner, die mit Opa quatschen wollen. Aber vorher reden sie immer kurz mit mir. Erst stellen sie fest, wie viel ich gewachsen bin, und dann fragen sie nach der Schnigge oder, wie sie sagen, nach dem »Bootsbau«. Sie versuchen oft, witzig zu sein.

»Ist es nicht langweilig, den Sommer mit diesem alten Greis zu verbringen?«, fragen sie manchmal. Und wenn sie dann meine knappe Antwort hören, strahlen sie zufrieden. »Langweilig? Von wegen!«

Aber eigentlich wollen sie vor allem mit Opa reden. Ich stehe dann auf und schaue mich um.

Heute sitzt in der hintersten Ecke ein Mädchen. Ich hab sie schon mal gesehen, unten am Fähranleger, als wir Mama verabschiedet haben. Sie trägt einen schwarzen Schlapphut und eine glänzende schwarze Jacke und sieht zwischen den alten Latzhosenmännern ein bisschen einsam und gelangweilt aus. Ich schätze, wir sind ungefähr gleich alt, aber sie tut so, als würde sie mich nicht sehen. Oder sie sieht mich tatsächlich nicht.

Das passiert öfter.

Aber komisch ist es trotzdem. Eigentlich sollte man mich sehen. Mit meinen feuerroten Locken und abertausend Sommersprossen. Mit meinen vollen Lippen und spindeldürren Beinchen. Mit meinen schlabbrigen Hawaiihemden und knallroten Gummistiefeln. Trotzdem bin ich meistens unsichtbar.

Als ich klein war, dachte ich manchmal, dass es mich eigentlich gar nicht gibt. Ich saß oft oben auf dem Findling im Wald und versuchte zu verschwinden. Aber sosehr ich mich auch anstrengte, ich blieb trotzdem da. Wenn ich nach Hause kam, hatte mich niemand besonders vermisst. Sie sagten nur Hallo, wie immer, und dann wurde weiter die Spülmaschine ausgeräumt, Zeitung gelesen oder der Flur gesaugt.

Das Gleiche in der Schule. Alles ist um mich herum passiert, als wäre ich kein Teil davon. Als bräuchte mich keiner. Wenn ich zu Hause im Bett lag, weil ich krank oder auch nur krankgemeldet war und Serien guckte und Musik hörte, hat mich in der Schule bestimmt niemand vermisst.

Jetzt ist das Meer meine Rettung. Auf dem Meer kann man verschwinden. Wer auf dem Meer verschwindet, wird vermisst.

Als ich zu Opa zurückgehe, ist er immer noch von Latzhosenmännern umringt, und ich kriege mit, wie sich einer von ihnen zurücklehnt und seufzt.

»Arme Kleine«, sagt er, schnappt sich dann ein paar leere Gläser und geht zur Bar.

Als die anderen mich bemerken, verstummen sie schlagartig. Opa strahlt mich an, aber ich weiß, dass ich sie auf frischer Tat ertappt habe. Dass sie über mich gesprochen haben. Dass ich »die arme Kleine« bin.

Auf dem Heimweg torkelt Opa, er sagt, wir hätten zu wenig gegessen. Ich halte seinen Arm, und wir sehen zu den Sternen hinauf.

»Die Ewigkeit und die Unendlichkeit«, murmelt er. »Jetzt zünden sie ihre Zigaretten an. Die Ewigkeit und die Unendlichkeit.«

Und dann, laut und klar: »Stell dir vor, dass ausgerechnet du und ich hier entlangspazieren. Ausgerechnet wir zwei. Ist das nicht unfassbar?«

»Alles andere wäre genauso unfassbar«, sage ich.

Da seufzt er wieder, lächelt und nickt. Und fängt an zu singen:

Hat man auf einem Fest so viel Spaß,
will man gar nicht mehr gehen.
Ich trank wohl so ein, zwei Glas,
aber dich hab ich auch trinken sehen.
Ich sag dir, bis ich geschlafen hab,
war es draußen fast wieder hell …

RUT

Und plötzlich steht sie da, einfach so.

Die Mittwochskneipe ist ein paar Tage her, und eigentlich ist alles wie immer, die Sonne sticht, der Schweiß rinnt, die Luft drückt. Das ewige Meer lässt kleine glitzernde Wellen an den Strand schwappen. Auf dem Festland breiten sich die Feuer immer weiter aus und müssen von Löschhubschraubern mit Wasser bombardiert werden. Touristen fliehen aus ihren Sommerparadiesen. Doch hier draußen ist es ruhig. Als wäre die Insel in einem Marmeladenglas eingeschlossen. Hört man Radio, wird man ständig daran erinnert, dass es noch eine Welt außerhalb gibt. Eine Welt, in der Wälder brennen. In der schwangere Bäuche größer werden und einsame Mamas ihren Kleiderschrank ausmisten. In der Papas seelenruhig ihre Tomaten gießen. Blinzelt man Richtung Horizont, kann man hoffen – oder nicht hoffen –, dass es dahinter noch etwas anderes gibt. Aber genau hier, genau jetzt ist alles gut, wie es ist. Hier gibt's nur mich und die Schnigge und die Sonne und die Wellen und Opa und die Vögel und die Steine, die vom Meer weggetragen werden.

Und dann, plötzlich, sie.

Ich bin so in die Arbeit am Boot vertieft gewesen, dass ich sie nicht kommen gehört habe. Sie sieht aus wie ein Schatten, der in der flirrenden Luft über dem Boden schwebt.

»Ich hab dich gesehen«, sagt sie.

Ich weiß nicht, was ich antworten soll, denn eigentlich fängt man doch mit einem Hallo an. Also stehe ich nur da und sehe sie groß an. Wenn ich allein bin, ist alles so einfach. Dann gibt's nur mich, und mir ist schnuppe, wie ich aussehe oder was gerade in meinem Kopf passiert. Ich bin einfach da, und das ist okay. Bei Opa ist das auch kein Problem. Er kennt mich und lässt mich einfach nur sein. Aber jetzt steht dieses Schattenmädchen vor mir und sieht mich an.

Mustert mich von oben bis unten und wirkt enttäuscht, fast ein bisschen angeekelt. Und sofort sehe ich mich von außen, durch ihre Augen. Und was ich sehe, ist eine Vollniete, die den Mund nicht aufkriegt.

Das Schattenmädchen guckt mich an, als fände sie mich total seltsam.

Und wahrscheinlich bin ich das auch.

Wie ein seltenes Tier. Ein Quastenflosser oder ein Tiefseeangler. Über meinen Körper rinnen Schweißperlen und kitzeln mich.

Sie ist barfuß, trägt ein langes schwarzes Unterhemd und den schwarzen Schlapphut, der die Hälfte ihres Gesichts verdeckt. Hätte ich sie von Weitem gesehen, hätte ich wohl ein bisschen Angst gekriegt, aber jetzt steht sie einfach hier, ganz nah.

Und ich bin still. So verdammt still.

Manchmal ist es so ungeheuer schwer, den Mund aufzumachen und etwas zu sagen. Weil im ersten Moment einfach alles bescheuert klingt. Bis man sich warmgeredet hat.

Schließlich presse ich zumindest ein »Hallo« hervor, auch wenn man es bestimmt kaum hört.

»Was machst du da?«, fragt sie.

Sie zieht die Augenbrauen hoch und bedeutet mir mit einer ungeduldigen Handbewegung, dass ich antworten soll. Jetzt bin ich dran. Aber da verheddert sich alles in mir, und ich starre auf meine Füße zwischen den brennend heißen Steinen und denke, dass es gut ist, wenn die Haut abgehärtet wird. Stehen bleiben, bis es nicht mehr geht. Bis es sich anfühlt, als finge die Haut Feuer, als finge der ganze Körper Feuer … Aber dann blicke ich auf und sehe ihre müden Augen, ihren Schmollmund, ihre spitze Nase. Und da muss ich mich bewegen, fast ein bisschen auf der Stelle tanzen, meine Füße in den Schatten unter dem Boot bringen, und gleichzeitig löst sich etwas in mir, und die Worte sprudeln plötzlich nur so aus mir heraus.

»Ja, also, ich muss die Schnigge hier seetauglich machen, und deshalb schmirgle ich alles glatt, damit ich sie anschließend ölen kann, und dann muss ich Löcher bohren, hier und hier, und die Wanten reparieren, und das Sprietsegel muss ich flicken und den Mast stabilisieren, und an der Ruderpinne gibt's auch noch einiges zu tun, siehst du, und hier muss ich neue Blöcke anbringen und da ein Fach bauen, für Proviant und die Seekarte, und bevor ich in die Stadt zurückmuss, kann ich dann vielleicht die Jungfernfahrt machen …«

Jetzt macht sie große Augen.

Da werde ich wieder unsicher, drehe mich weg und schmirgle

eine Stelle mit Sandpapier ab, wo das Holz längst glatt ist. Ich gebe mir Mühe, desinteressiert zu wirken. Hoffentlich geht sie gleich, denke ich. Hoffentlich bleibt sie noch. Geh, bleib noch.

»Ich hasse Boote.«

Ich zucke zusammen.

»Was?«

»Ich hasse Boote. Ich hasse Inseln. Ich hasse das Meer. Ich hasse es einfach.«

Da nehme ich meine Mütze ab, strecke eine Hand aus und stelle mich vor.

»Ich heiße Vinga, ich werde mal Seemann.«

Da lacht sie endlich und sagt:

»Rut. Ich bin Rut. Ich werde mal … berühmt … für irgendwas Großartiges.«

Am Abend sitze ich wie immer auf meiner Klippe.

Da spüre ich es im Bauch. Ein Gefühl, als wäre alles durcheinander, aber trotzdem irgendwie gut. Ein Kitzeln und Flattern, und ich kann nicht in Gedanken übers Meer verschwinden wie sonst. Es ist, als müsste ich gleich lachen, aber es kommt nicht richtig raus. Deshalb prickelt es in meinem Bauch. Wie diese kleinen silbernen Fischchen, die sich zu Abertausenden im Wasser am Fähranleger tummeln. Oder kleine Funken, wie sie immer aus Opas Kamin sprühen. Drüben auf dem Festland könnten sie einen ganzen Wald in Brand setzen. Ich bin mir nicht sicher, ob es ein gutes Gefühl ist. Eher eine fröhliche Angst.

Wie immer lasse ich den Blick übers Meer gleiten, zur Sonne, die gerade untergeht. Und wie immer bin ich allein. Wie immer singen ein paar Vögel im Gebüsch beim Leuchtturm, und seichte Wellen rollen an den Steinstrand. Und wie immer spüre ich die feuchte Luft. Den Meeresduft. Wie immer gleiten irgendwo da draußen Meeresschildkröten durchs Wasser und singen ihre Lieder, auf der Suche nach dem schönsten Strand und dem vollsten Mond. Aber heute Abend passiert das alles woanders. Es passiert nicht in meinen Gedanken. Denn heute Abend träume ich mich nicht weg. Heute Abend gibt es nur mich. Ich denke nicht an Winde und Wellen. Auch nicht an zwielichtige Hafenviertel und auf Schultern sitzende Papageien. Heute Abend denke ich an das, was am Tag passiert ist.

Ich denke an die pralle Sonne und abgeschmirgeltes Schleifpapier. An den Geruch von Holz und Meer. An die schwarz gekleidete Gestalt, die mit untergeschlagenen Beinen auf dem letzten Fleckchen Schatten sitzt, das die Felsen werfen. Den Schlapphut tief ins Gesicht gezogen. Das Mädchen, das das Meer hasst. Das Mädchen, das Rut heißt. Das Mädchen, wegen dem ich dieses Funkensprühen verspüre.

Wie ist das passiert?

Eine Weile saß sie da und hat mir zugeschaut, während ich am Boot werkelte. Ab und zu hat sie etwas gefragt, und ich hab geantwortet. Manchmal hab ich auch eine Frage gestellt. Und manchmal hab ich mir gewünscht, sie würde wieder gehen. Weil es einfacher ist, allein zu sein. Aber sie ist geblieben.

Hier auf der Insel wohnt sie bei ihrer Oma. Aber nur für ein paar Wochen. Sonst lebt sie in der Stadt, so wie ich. Ruts Oma gehört der Inselladen, und manchmal hilft Rut dort aus.

»Ist ganz okay. Nicht viel los.«

Und dann hat sie gesagt:

»Man kann froh sein, wenn man hier was zu tun hat. Ist ja sonst todlangweilig, stimmt's?«

Ich fuhr mit den Fingern übers Boot. Um ihr zu zeigen, dass ich da nicht mitreden kann. Schließlich hab ich alle Hände voll zu tun.

Rut seufzte nur.

Dann schwiegen wir eine Weile.

Ich kam mir irgendwie dumm vor. Sogar für meine Mütze schämte ich mich. Und dann schämte ich mich, weil ich mich für etwas schämte, das ich eigentlich mochte – für etwas, das ich von Opa bekommen hatte. Ich schämte mich für meine bleichen, rotfleckigen Beine und meine buschigen roten Haare. Für die Sommersprossen, mit denen mein ganzer Körper übersät ist. Für mein knallbuntes Lieblingshemd mit den Palmen drauf. Wie ein kleines, dummes Kind kam ich mir vor.

Rut dagegen saß einfach da und war cool und selbstbewusst. Still und in schwarzen Klamotten, mit gerader Nase, dunklen Augen und schwarzen Haaren, die aussahen, als würden sie aus dem Hut über ihre Wangen fließen.

Das Schweigen schien ihr nichts auszumachen. Aber ich musste etwas sagen, nur was? Ich dachte eine Weile nach und fragte schließlich, ob sie Opa kannte. Ich biss mir auf die Lippen. War mir echt nichts Besseres eingefallen? Warum hatte ich sie nach Opa gefragt?

Wie kann man sich im selben Moment so sicher und so unsicher fühlen?

»Den kennt doch jeder«, sagte sie.

Wieder Schweigen.

»Ist ein bisschen schräg, oder?«, fügte sie dann hinzu.

Ich hatte sie fast schon vergessen, weil ich damit beschäftigt war, eine Ruderbefestigung gerade zu bekommen.

»Was, wer?«, fragte ich.

»Dein Opa. Schräger Typ.«

Ich wusste nicht, was ich antworten sollte. Und ich wurde wütend. Also schlug ich weiter mit dem Hammer auf die Ruderbefestigung ein, und wir schwiegen wieder.

Aber dann saßen wir plötzlich nebeneinander, gegen das Boot gelehnt. Und wir redeten. Über die Schule und Orte in der Stadt, Eltern und Freunde. Über Träume. Und plötzlich ging alles wie von selbst.

Wir stellten fest, dass wir ungefähr gleich alt sind, aber das ist wohl auch die einzige Gemeinsamkeit.

Sie liebt die Stadt, ich sehne mich raus aufs Meer. Sie will berühmt werden, ich will verschwinden. Sie ist cool und hat jede Menge Freunde, ich bin seltsam, still und einsam. Sie hat schwarze Haare, ich rote. Sie hasst das Leben auf der Insel, mir geht es hier so gut wie seit Langem nicht mehr.

Irgendwann hat sie sich dann auf den Weg gemacht. Sie wirkte ein bisschen genervt, dabei hätte sie doch überhaupt nicht den ganzen Tag bleiben müssen, wenn sie mich so langweilig fand.

Kaum war Rut hinterm Leuchtturm verschwunden, kam Opa aus der entgegengesetzten Richtung auf mich zu. Genug geschuftet, meinte er. Jetzt würde er uns etwas Leckeres zu essen machen.

Er habe Steinbutt besorgt. Oder »Scheinbutt«, wie Opa immer sagt. *Scheinbutt.*

Bevor wir uns auf den Weg machten, inspizierte er noch die Ruderbefestigung.

»Der hast du's aber gegeben«, sagte er.

Wenn ich wach werde, ist Opa schon lange auf. Er sitzt dann am Küchentisch, die Hände um den Kaffeebecher gelegt. Hört Radio und schaut zum Meer und zum Himmel hinaus. Im Holzofen brennt ein Feuer, das prasselt und zischt, und obendrauf steht der Topf mit dem Haferbrei.

Manchmal löst Opa auch Kreuzworträtsel. Er stützt den Kopf in die Hand und runzelt die Stirn, trommelt mit dem Stift auf den Tisch und grübelt. Manchmal schnitzt er auch etwas. Einen neuen Kleiderhaken, einen Löffel, einen Werkzeuggriff. Oder er spitzt mit dem Messer den Kreuzworträtselstift an.

Wenn er merkt, dass ich hinterm Vorhang hervorspähe, lächelt er fröhlich. Dann steht er auf und rührt den Brei um. Räumt den Tisch auf und deckt für mich. Und er fragt, ob ich Kaffee will. Obwohl ich nie Kaffee trinke.

»Na, was Schönes geträumt?«, fragt er.

Dann denke ich mir immer etwas aus. So richtig kann ich mich an meine Träume nie erinnern, aber ich fürchte, sie handeln von verschwindenden Papas und brennenden Häusern und Bäumen. Manchmal schrecke ich mitten in der Nacht auf, schweißgebadet. Aber davon erzählte ich Opa nichts.

Stattdessen denke ich mir etwas über Ozeanüberquerungen aus. Über gewaltige Eisberge und tosende Stürme.

Das klingt viel besser.

Opas Holzschuppen ist bis unter die Decke vollgestopft mit Werkzeug. Fast alles, was man bei ihm findet, hat er selbst gebaut. Die Betten, den Tisch, die Stühle. Kisten, Bänke und Schränke.

Heute erklärt er mir, wie man die Hobelbank benutzt.

»Du musst ein paar Teile von der Takelage herbringen und abschleifen«, sagt er. »Und damit die Mastringe festsitzen, müssen wir neue Beschläge anschrauben.«

Die Beschläge sind so winzig, dass ich mir nicht vorstellen kann, wie das gehen soll. Prompt zaubert Opa mit seinen großen kräftigen Händen einen klitzekleinen Schraubendreher hervor. Er spannt einen der Mastringe in die Hobelbank ein, nimmt einen Beschlag und die winzigste Schraube, die ich je gesehen habe. So winzig, dass sie fast zwischen Opas Fingerkuppen verschwindet. Dann wurschtelt er ein bisschen herum, und schwups, die Schraube sitzt fest.

»Na dann«, sagt er. »Den Rest schaffst du allein.«

Na, mal sehen.

Im Schuppen gibt es auch jede Menge Taue und Seile.

»Ein paar können wir benutzen«, sagt er. »Aber die Tage müssen wir unbedingt runter in den Laden, um die dünnsten Leinen zu bestellen.«

Da ist sie wieder.

Ich sehe Rut vor mir, mit einer Mütze und einer Schürze, wie ihre Oma sie immer im Laden trägt. Ich stelle mir vor, wie sie unsere Bestellung aufschreibt, »Wird erledigt« sagt, sich den Bleistiftstumpf hinters Ohr steckt, sich über den Tresen beugt und …

»Öl gibt's hier jedenfalls noch und nöcher.«

Opa reißt mich aus meinen Gedanken. Er steht in der Ecke, vor dem Regal mit den Farbdosen, nimmt ein paar heraus und zeigt sie mir. Danach sagt er:

»Dann flitz mal los, damit du mit dem Boot vorankommst. Ich gehe in der Zeit rüber zu Ylva, ein bisschen quatschen.«

Zum Abschied lüpfen wir unsere Schiffermützen. Opa verspricht, später mit Saft vorbeizukommen und sich anzuschauen, wie weit ich gekommen bin.

Seit einer Weile bin ich unten am Strand und arbeite an der Schnigge. Opa hat mir seinen Handbohrer geliehen, und ich mache Löcher für die Wanten. Die Arbeit ist anstrengend und bringt mich zum Schwitzen, aber das Holz riecht gut und kringelt sich in langen Locken aus dem Bohrloch. Immer wieder drehe ich mich um und spähe den Strand runter, aber das Einzige, was sich bewegt, ist die flirrende Luft. Rut hat gesagt, dass sie heute kommt, aber wahrscheinlich war das nur so ein Spruch. Warum sollte sie auch? Während ich den Bohrer immer tiefer ins Holz kurble, kreisen in meinem Kopf die Gedanken.

Sie kommt, sie kommt nicht. Hoffentlich, hoffentlich nicht.

Sie hat alles durcheinandergebracht. Rut. Keine Ahnung, warum ich mir so einen Kopf mache, eigentlich sollte doch alles einfach sein. Hier draußen, allein mit Opa und den Latzhosenmännern. Aber jetzt ist da noch etwas anderes.

Ich beschließe, dass sie mir egal ist, dass ich einfach mit dem Sommer weitermache, nur Opa und ich, die Schnigge, die Mittwochskneipe, die Vögel, das Meer …

Genau da höre ich ein lautes »Huhu« von der Klippe. Erst denke ich an den Albatros. Aber klingt der so? Mit einem Ruck drehe ich mich zum Leuchtturm um, aber die grelle Sonne trifft mich wie ein Schlag in die Augen, sodass ich fast nach hinten kippe. Ich gehe ein paar Schritte, um mehr von der Seite schauen zu können. Ziehe die Mütze tief ins Gesicht.

Da ist das Geräusch wieder. Und plötzlich sehe ich etwas Schwarzes, Flatterndes auf der Klippe. Auf halber Höhe zum Leuchtturm. Für einen Vogel ist es zu groß. Noch bevor mir klar wird, was ich da sehe – mein Gehirn arbeitet in Zeitlupe –, höre ich sie lachen.

Rut.

Wie ist sie da hochgekommen? Lebensgefährlich sieht das aus. Unterhalb des Leuchtturms fällt die Klippe steil ab, wie eine lotrechte Felswand. Nie, nicht mal, als ich klein war, wäre ich auf die Idee gekommen, da raufzuklettern. Und ich hab auch noch niemand anderen dort rumkraxeln sehen.

Aber da oben sitzt sie. Und lacht aus vollem Hals.

Bestimmt denkt sie, dass sie mir einen Schreck eingejagt hat, dass ich Angst habe. Aber ich hab keine Angst. Oder doch? Vielleicht bin ich ein bisschen neugierig, aber das ist ja wohl normal.

Schließlich hätte da oben ein seltenes Tier sitzen können. Und in gewisser Weise tut es das auch.

Ich gehe auf die Klippe zu und versuche, dabei ruhig und cool zu wirken, aber mein Herz hämmert, und in meinem Kopf drehen sich die Gedanken. Meine kaugummizähen Gedanken. Was soll ich sagen? Worüber sollen wir reden? Warum ist sie hier, wenn sie mich so langweilig findet?

»Wie bist du da hochgekommen?«, frage ich schließlich.

Ich muss schreien, damit sie mich überhaupt hört. Sie sitzt, bestimmt fünfzehn Meter über mir, auf einer Art Felsvorsprung, der gerade groß genug für eine Möwe ist. Aber für einen Menschen? Ich komme mir vor, als würde ich eine Felswand anbrüllen.

»Bin ich nicht«, höre ich sie rufen. »Ich bin nicht rauf-, sondern runtergeklettert.«

Sie zeigt nach oben.

Genau über ihr ist der höchste Punkt der Klippe. Dort steht der Leuchtturm.

»Ich dachte, ich nehme eine Abkürzung«, ruft sie.

»Und hattest du auch vor zu sterben?«, frage ich.

Einen Moment lang schaut sie mich an, dann dreht sie sich auf dem Felsvorsprung um und fängt an, nach unten zu klettern. Flink und mit fließenden Bewegungen wie eine Eidechse. Keine Ahnung, wie ihre Füße Halt auf den winzigen Vorsprüngen finden und dann blitzschnell zum nächsten unsichtbaren Absatz weiterklettern. Wie ihre kleinen weißen Knubbelfinger sich in den Ritzen festkrallen. Sie schmiegt sich einfach an die Felswand und lässt sich hinabgleiten. Schon nach wenigen Sekunden ist sie genau über mir. Würde ich die Arme ausstrecken, könnte ich ihre nackten Füße berühren. Dann dreht sie sich um.

Und springt.

Die Steine knirschen, als Rut unten aufkommt und ein gutes Stück weiterrollt, wie in einem Superheldenfilm. Bestimmt hat sie sich ein Bein gebrochen. Mindestens.

Aber noch bevor ich zu ihr rennen und sie trösten oder Hilfe rufen kann, steht sie aufrecht vor mir. Sie sieht ein bisschen genervt und gelangweilt aus, als wäre überhaupt nichts passiert.

»Hallo«, sagt sie.

Heute passt ein gewöhnliches Hallo anscheinend.

Aber Rut ist alles andere als gewöhnlich.

»Ist mein Hobby. Zu Hause in der Stadt.«

»Was?«, frage ich.

»Na, Klettern. Ein paarmal in der Woche trainiere ich in einer Kletterhalle. Im Herbst soll ich an der Schwedischen Meisterschaft teilnehmen. Deshalb darf ich nicht aus der Übung kommen.«

Aber zu Hause hat sie doch bestimmt ein Sicherungsseil, denke ich. Und einen Trainer. Und weiche Matten zum Drauffallen.

Rut geht zum Boot und schaut sich an, was ich seit dem letzten Mal gemacht habe. Sie hebt ein paar von den Holzlocken auf, häuft sie auf ihre Handfläche. Dann nimmt sie ihren Hut ab, legt ihn vorsichtig ins Boot und lässt die Holzlocken langsam auf ihren Kopf rieseln. Sie verfangen sich in ihren langen, schwarz glänzenden Haaren.

»Jetzt sehen wir uns fast ein bisschen ähnlich«, sagt sie und prustet los.

Da spüre ich einen kalten Stich. Fängt sie jetzt auch so an? Hat man denn nirgendwo seine Ruhe? Ich sehe nun mal so aus, wo ist das Problem? Meine Locken gehen sie überhaupt nichts an. Genauso wenig wie meine Sommersprossen und meine krummen Beine.

Aber Rut sieht richtig fröhlich aus. Ihre eisigen Augen funkeln.

»Na, komm schon«, sagt sie. »Komm schon, Vilma, ich mach doch nur Spaß. War ein Witz. Ich hätte auch gern Locken!«

»Vinga!«, fauche ich. »Ich heiße Vinga!«

Mit entschlossenen Schritten stapfe ich zum Meer runter.

»Komm schon, hab ich doch gesagt, Vinga, weiß ich doch«, höre ich Rut hinter mir.

Ich wate ein paar Schritte ins Wasser hinein, nehme meine Mütze ab und werfe sie auf den Steinstrand. Dann fische ich ein Büschel Seegras aus dem Wasser, die Sorte, die Opa Gemeine Meersaite nennt, und lege mir das glitschige Zeug so auf den Kopf, dass meine roten Locken platt gedrückt werden.

So gehe ich zu Rut zurück und sehe sie scharf an, während mir das Salzwasser über die Schultern rinnt.

»Vinga«, sagt sie. »Vinga, weiß ich doch. Vinga, Vinga, Vinga. Schöner Name. Ein bisschen komisch, aber schön.«

Komisch, komisch, komisch.

Langsam kehrt ihr Lächeln zurück. Um ihre Eisaugen zeichnen sich kleine Fältchen ab.

Als ich näher komme, weicht sie ein paar Schritte zurück.

»Pass auf! Du weißt doch, ich hasse Wasser! Nein. Bleib bloß weg!«

Drohend stampfe ich auf sie zu, und da rennt sie los.

Als Opa mit dem Picknickkorb die Treppe runterkommt, sieht er uns genau so. Laufend, lärmend, lachend.

»Hör auf, hör auf, hör auf!«

Aber er geht in aller Seelenruhe weiter und inspiziert das Boot. Streicht mit dem Finger über die frisch gebohrten Löcher. Über die Reling. Dann setzt er sich vor die Klippe und packt den Picknickkorb aus.

Als wir zu ihm kommen, fühle ich mich ein bisschen verlegen. Rut und ich sind völlig außer Atem. Sie lacht so laut, dass ihr fast die Luft wegbleibt und sie sich setzen muss. Mein Hemd klebt mir klitschnass am Körper. Opa bietet Rut sein Glas an, bevor er sich zu mir dreht.

»Sooo, du hast also Gesellschaft bekommen.«

Herz, Herz, Herz. Hämmert, hämmert, hämmert.

»Ja, von da oben«, sage ich und zeige Richtung Leuchtturm.

Zu spät fällt mir ein, dass ich Opa wohl nichts davon erzählen sollte. Immerhin ist Rut einen lebensbedrohlich steilen Abhang runtergeklettert. Sie hätte sterben können.

Opa sieht Rut lange an. Misstrauisch und fragend. Dann versucht er, mit den Fingern seine buschigen Augenbrauen glatt zu streichen. Ohne Erfolg.

»Dann bist du wohl ein Engel?«

Wir fahren mit dem Rad zum Inselladen. Wir haben beide einen Fahrradkorb, und an Opas Gepäckträger hängen Seitentaschen.

Erst radeln wir an der Schafweide vorbei zum Leuchtturm. Die Schafe glotzen uns einen Moment blöd an, bevor sie weiterkauen und ihre Kiefer wie Unendlichkeitsmaschinen vor sich hin mahlen.

Dann kommen wir an dem Gehölz vorbei, das Opa Großer Wald nennt; die einzigen halbwegs großen Bäume der Insel wachsen dort. Sonst gibt es hier nur Büsche und Sträucher, Sträucher und Büsche. Gegenüber liegt Ylvas Hof, und wenn man vorbeiradelt, muss man unbedingt mit der Fahrradklingel bimmeln und ihr zuwinken.

Opa beugt sich über den Lenker wie ein waschechter Rennradler. An seinem Hals treten die Sehnen hervor, und die Riemen der Gepäckträgertaschen flattern im Wind.

Dann kommt das sogenannte Dorf. Nur eine kleine Straße mit ein paar weißen Häuschen, die aussehen, als würden sie jeden Moment ins Meer kullern. Ganz runter zum Hafen fahren wir nur, wenn wir Fisch oder Krabben kaufen wollen. Oder um jemanden zu verabschieden. Eine Mama zum Beispiel.

Opa und ich lieben Krabben. Mama ist Vegetarierin, Papa hasst Meeresfrüchte, aber ich komme nach Opa. Morgens nehmen wir uns oft vor, etwas später zum Hafen zu radeln und zu schauen, ob die Fischer etwas Leckeres für uns haben.

Aber am Nachmittag sagen wir dann meistens, dass Eier, Kartoffeln und Salat genauso gut schmecken. Und Tomaten. Und Rhabarbersaft und Johannisbeeren; das alles gibt's bei Opa.

»Dieses Jahr sind die Kartoffeln besonders gut«, sagt Opa. Jedes Jahr sagt er das.

Wenn man den Inselladen betritt, klingelt ein Glöckchen. Dort drinnen piekst es einen immer kalt in der Nase, und ich zeige Opa manchmal Sachen, die ich hübsch oder lecker finde.

»Ach«, sagt er nur, und ich weiß, was er damit meint: Unnötiger Kram.

Ruts Oma watschelt auf uns zu und fuchtelt dabei mit den Armen in der Luft herum. Das macht sie immer. Und wie immer sagt sie: »Ach wie schön, hoher Besuch!«, und dass man Opa und mir ansieht, dass wir zusammengehören. Heute schnipst sie dabei gegen unsere Schiffermützen und lacht laut.

Ich bin mir nicht sicher, ob sie nett oder gemein zu uns ist.

Als ich klein war, hatte ich ein bisschen Angst vor ihr. Rut hab ich damals nie hier gesehen, dabei muss sie auch auf der Insel gewesen sein. Damals, als Mama noch mit mir an den Badestrand ging.

Wenn Opa und ich im Dorf sind, wollen immer alle mit ihm reden. Ich glaube, sie finden, dass Opa sich zu selten blicken lässt, dass er zu eigenbrötlerisch ist. Und sie scheinen sich nicht zu trauen, zu Opas Haus zu kommen, außer wenn es wirklich wichtig ist. Vielleicht finden sie ihn ja auch *ein bisschen schräg*, so wie Rut.

Ob sie das von ihrer Oma hat?

Als ob auf der Insel nicht alle ein bisschen schräg wären …

Ruts Oma quatscht Opa die Ohren voll, und er steht nur da und nickt und müht sich ein Lächeln ab. Ich streife in der Zeit durch den Laden und sehe mich um. Eigentlich hatte ich gedacht, ich würde Rut treffen, aber außer ihrer Oma, Opa und mir ist niemand hier.

Vor einem Regal bleibe ich immer hängen. Dem Regal mit den Büchern über die Insel. Bücher mit Bildern von früher. Man sieht den Leuchtturm und Opas Haus und die alten Boote. Ich erkenne die Fischkutter wieder.

Es sind dieselben Felsen und dasselbe Meer und dieselben Nachnamen; nur die Menschen sind mittlerweile neu.

Plötzlich steht Opa mit Tüten bepackt neben mir. »Fertig«, sagt er. Er hat die Leinen bestellt, die wir brauchen, und irgendeinen Leim, den er eigentlich für Pfusch hält, aber vielleicht taugt er ja trotzdem was.

Dann zieht er ein Buch aus dem Regal. Dunkelblauer Umschlag mit einem goldenen Anker vorne drauf.

»Das sollst du kriegen«, sagt er und geht schnell zur Kasse zurück.

»Schreibst du das hier auch auf?«, ruft er Ruts Omas zu und hält das Buch hoch.

Als wir uns auf den Heimweg machen, hoffen wir insgeheim, dass uns niemand sieht.

Im Vorbeigehen winken wir nur kurz den Latzhosenmännern zu, die auf der Bank vorm Inselladen hocken, und geben uns alle Mühe, so auszusehen, als hätten wir's eilig.

Zu Hause setzen wir uns auf die Vordertreppe. Opa hat sich eine Pfeife angezündet und seinen besten Stift geholt. Den Stift, den man mit Tinte befüllen muss und mit dem Opa Briefe auf Englisch schreibt.

»Statt zu telefonieren«, sagt er immer.

Manchmal radle ich zur Fähre runter, um die Briefe abzugeben. Vorher schaue ich mir immer die Adressen an: Auckland, Halifax, Palermo …

Dann holt Opa das blaue Buch hervor und reicht es mir. Ich schlage es auf, um zu sehen, warum es ihm so wichtig war. Aber das Buch ist leer.

Nur weiße Seiten.

Ich hatte auf sinkende Schiffe und Riesenwale gehofft. Auf Rekordfische und einsame Inseln. Auf Unwetter und Schlagseite vor den Äußeren Hebriden.

Fragend schaue ich Opa an. Er nimmt mir das Buch aus der Hand und blättert zur ersten Seite.

Dann schreibt er in seiner Schnörkelschrift: *Logbuch.*

Mitten auf die Seite.

Und oben in die Ecke: *Für meine Enkelin, den Kapitän.*

Zu guter Letzt unterschreibt er mit Datum und Namen.

Dann sagt er, alle echten Schiffe bräuchten ein Logbuch. Darin trage man Wind, Wetter und Route ein.

»Na ja, eigentlich kannst du reinschreiben, was du willst, aber Wind und Wetter müssen sein. Und die Route und deine Beobachtungen.«

»Danke«, sage ich. Dann zieht Opa ein paarmal an seiner Pfeife und lässt den Blick übers Meer schweifen.

Die Sonne brennt.

Jetzt sitze ich mit dem Logbuch am Strand. Es ist zu heiß, um am Boot zu arbeiten. Vorhin hat Opa Eierbrote und Saft vorbeigebracht. Dann hat er sich noch ein Weilchen in die Sonne gelegt und geschnarcht, bis er mit einem Ruck aufgewacht ist.

»Zeit, in die Hände zu spucken«, hat er nur gesagt und ist dann die Treppe hinauf verschwunden.

Aber ich bin mir ziemlich sicher, dass er jetzt doch nur unterm Fliederbaum weiterdöst. An solchen Tagen bleibt einem gar nichts anderes übrig, sagt er immer.

Na schön, über Wetter und Wind soll ich also schreiben.

Sonne, heiß, kein Wind. Aber eine Route gibt es nicht, denn ich segle ja nicht übers Meer. Noch nicht.

Bei so einem Wetter würde ich eh keine fremden Häfen erreichen. Also sitze ich nur da, starre auf die leeren Seiten und habe keinen Schimmer, was ich schreiben soll. Die Seiten sind so weiß. Still wie das Meer. Leer wie mein Kopf. Ich hatte noch nie ein Tagebuch. Dabei hat Papa mir mehrere Notizbücher geschenkt und immer wieder versucht, mich zum Schreiben zu ermutigen.

»Du hast doch Talent«, hat er gesagt, obwohl er das überhaupt nicht wissen kann. »Und Fantasie. Schreib, was du willst. Gedichte, was du so erlebt hast, irgendein Zitat, das du magst.«

»Carpe diem«, hab ich dann ein bisschen gereizt gekontert.

Die Notizbücher sind auf dem Stapel neben dem Bett gelandet, und statt zu schreiben, hab ich irgendeine langweilige Serie geschaut.

Nein, ich mache mir meine Notizen im Kopf. Und der ist mittlerweile randvoll mit Tagträumen. Ab und zu notiere ich auch etwas in mein Handy. In der Straßenbahn zum Beispiel, wenn ich unsichtbar bin, den Gesprächen um mich herum lausche und mich wegträume. Wenn ich mir zu jedem Fahrgast eine ausführliche Geschichte ausdenke.

Aber Tagebuch? In meinem Leben passiert doch nichts Spannendes!

Nach einer Weile setze ich den Stift trotzdem aufs Papier und sehe zu, wie sich die blaue Tinte auf dem weißen Untergrund ausbreitet.

»Na, was schreibst du da für Geheimnisse?«

Plötzlich steht Rut neben mir. Wie schafft sie das nur, mich jedes Mal so zu überraschen? Sich völlig geräuschlos über die Steine anzuschleichen?

Mit einem verräterischen Knall schlage ich das Buch zu und werfe es ins Boot.

Rut lässt sich neben mir in den Schatten plumpsen, und prompt sind sie da, die Funken, die sich wie eine Glut in mir ausbreiten. Mir wird ein bisschen schwindlig, und ich fühle mich gleichzeitig nervös und glücklich.

»Verdammte Hitze!«, stöhnt Rut.

Meine Mund ist trocken, und ich stammle: »Dann … geh doch … schwimmen.«

Ich höre selbst, wie hart das klingt.

»Ich hasse das Meer.«

»Ach ja, stimmt.«

Dann schweigen wir einen Moment. Wir blicken aufs Meer und in die flirrende Hitze. Mir schwirrt so viel im Kopf herum, Dinge, die ich sagen will, aber ich bekomme einfach nichts heraus.

»Ätzend, wie langweilig es hier ist. Ich will endlich nach Hause. Alle anderen machen in den Sommerferien lauter coole Sachen. Roadtrips durch Europa, Strandurlaub in Griechenland …«

»Das wäre natürlich perfekt für dich«, sage ich. Ich bringe sogar ein kleines verkrampftes Lachen zustande. »Wo du doch die Hitze und das Meer so liebst.«

»Tss. Am Mittelmeer ist das was anderes. Und außerdem«, sagt sie dann, »außerdem sind die meisten zu Hause geblieben. Stell dir vor, was man in der Stadt alles machen kann, wenn man nicht zur Schule muss und so lange draußen bleiben darf, wie man will. Ist dir klar, was die anderen gerade für einen Spaß haben? Ohne mich.«

Ich gebe mir wirklich Mühe. Aber mir fällt nicht eine coole

Sache ein, die man in der Stadt unternehmen könnte. Und wie lange ich draußen sein darf, schreibt mir schon lange niemand mehr vor. Ich bin ja eh immer zu Hause.

»Ach, du verstehst das nicht«, sagt Rut. »Du bist echt komisch.«

Ich nicke nur. Und plötzlich wird um mich herum alles grau.

Ich denke an den Frühling in der Stadt zurück. Manchmal konnte ich durch das Fenster im Klassenzimmer das Meer hören. Und wenn ich mich richtig konzentrierte, sah ich es hinter dem Abhang mit dem hohen Gras glitzern. Ich sah den hellen, diesigen Himmel, die ausgedünnten weißen Wolken und wie die Meeresbrise das Gras hin und her wiegte. Ich sah den Pfad, der sich durch die Dünen Richtung Strand schlängelte, und manchmal konnte ich das Meer sogar riechen.

Aber da war kein Meer.

Und trotzdem gab es sie, diese kurzen Augenblicke, in denen ich *wusste*, dass es dort war.

Nach der Schule traute ich mich kaum, in die Richtung zu sehen. Denn es gab ja nur Radwege und Hagebuttensträucher und den grasbewachsenen Abhang, der zur grauen Stadt führte.

Abrupt stehe ich auf und schaue auf Ruts spindeldürre Beine hinab, auf ihr flattriges schwarzes Hemd.

Ihre glatten Haare, die ihr ins Gesicht hängen.

»Verdammt, *du* verstehst überhaupt nichts. Ich will nicht in die Stadt zurück, weil ich da keine Freunde hab. Papa ist sozusagen verschwunden, und Mama liegt entweder zwischen Tränen und Fernsehshows auf dem Sofa, oder sie ist total aufgedreht und findet alles ach so fantastisch, aber hier habe ich wenigstens Opa, der nicht pausenlos redet. Und ich hab das Boot, das ich reparieren kann, damit ich nicht an alles andere denken muss …«

Rut sieht mich groß an. Als wäre sie baff, dass ich ihr meine Meinung gesagt hab, dass ich wütend werden kann.

Mein Herz schlägt ganz schnell, und die Wärme klettert meinen Hals hoch, bis in die Wangen. Da drehe ich mich um und gehe los. Ich sehe die Treppe vor mir und steure mit entschlossenen Schritten darauf zu, wie im Film.

Scheiß auf Rut! Scheiß auf ihre coolen Freunde und ihren geheimnisvollen Hut. Auf ihre hübschen Augenbrauen und ihre glatten Haare. Kann mir doch egal sein, ob sie langweilige Ferien hat. Immer dieses Gejammer.

Ich merke, dass mir Tränen über die Wangen laufen, und plötzlich spüre ich eine Hand auf der Schulter. Schon wieder hab ich Ruts Barfußschritte nicht gehört. Ich drehe mich zu ihr um, scheiß auf meine nassen Wangen.

»Tut mir leid«, sagt sie und sieht zu Boden. »Tut mir leid, das war blöd von mir.«

Und plötzlich sitzen wir wieder nebeneinander auf den Steinen. Im Schatten des Boots. Und natürlich endet das Ganze damit, dass *sie* Mitleid braucht. Dass ich *sie* trösten muss.

»Du kannst doch klettern«, schlage ich vor.

»Zu warm.«

»Dann lies was.«

»Mach ich eh schon die ganze Zeit. Wenn ich nicht gerade im Laden aushelfe.«

»Lern Akkordeon spielen.«

»Äh«, macht sie nur.

Dann traue ich mich endlich.

»Okay. Dann hilf mir mit dem Boot«, sage ich und warte schon auf ihren nächsten Ausraster.

Sie sieht mich lange an, dann fragt sie:

»Willst du das?«

Ich zucke nur mit den Schultern.

»Okay«, sagt sie und richtet sich auf. »Was soll ich machen?«

Dann zeige ich, was ich schon alles gemacht habe und was noch zu tun ist, erkläre ihr, wie die verschiedenen Werkzeuge und Bootsteile heißen. Und plötzlich steht Rut mit einem Hammer und einer Handvoll Holzdübeln da und versucht, mir zu helfen.

»Aber du«, sagt sie. »Vergiss nicht, dass ich Boote immer noch hasse.«

Von da an treffen wir uns fast jeden Tag am Strand.

Wenn wir uns dem Boot nähern, fliegen die Vögel träge ein paar Meter weiter. Dort bleiben sie sitzen und glotzen zu uns rüber, während wir mit der Arbeit loslegen. Die Vögel sind fast so etwas wie unsere Freunde. Eine Möwe kommt sogar ganz nah heran, und wir füttern sie mit Eierbrot. Beim ersten Mal kam es uns etwas schräg vor, einen Vogel mit Ei zu füttern. Aber er wollte nichts anderes haben. Nur Brot mit Ei.

Manchmal setzt er sich oben auf den Bug. Er legt den Kopf schief und schaut zu uns runter. Wir nennen ihn den Schnulzensänger. Weil er so grässlich singt. Na ja … was heißt singen … eigentlich kreischt er nur. Und er mag belegte Brote.

Das Boot ist mittlerweile weiß von Vogelschissen, aber da kann man nichts machen. Ich muss sie wohl irgendwann abwaschen. Oder ich lasse sie einfach drauf.

Rut und ich schwitzen in der Sonne, und ab und zu gehe ich zum Wasser und tauche meine Haare und meine Mütze hinein. Rut sieht dann immer richtig angewidert aus. Sie schirmt sich lieber mit ihrem schwarzen Schlapphut vor der Sonne ab.

Manchmal kommt Opa vorbei und sieht nach uns.

Wenn Rut da ist, redet er nicht viel, er inspiziert nur das Boot und erklärt, was wir als Nächstes machen müssen. Dann nickt er vor sich hin und summt ein bisschen.

Ich glaube, er freut sich, dass ich Gesellschaft bekommen habe.

Die größte Hilfe ist Rut allerdings nicht. Die meiste Zeit sitzt sie nur auf der Reling und fragt oder erzählt. Von ihrer *Clique*. So eine hat sie nämlich. Eine Clique, mit der sie abhängt und alles Mögliche unternimmt. Mit einem der Jungs war sie sogar schon zusammen, aber verliebt war sie noch nicht.

»Und du?«, fragt sie.

Ich erstarre.

»Was denn?«, stottere ich.

»Na, warst du schon mal verliebt?«

»Weiß nicht.«

»Wie, du weißt nicht?«

Manchmal ist sie ziemlich aufdringlich. Und sie muss immer reden. Opa meint, dass die meisten Menschen so sind. Sie schaffen es einfach nicht, hin und wieder die Klappe zu halten.

»Wenigstens wissen wir beide, wie das geht«, sage ich dann immer.

Danach sitzen Opa und ich da und schweigen uns an, bis ich lachen muss.

»Na, man weiß doch wohl, ob man schon mal verliebt war«, sagt Rut, als wäre das sonnenklar und ich total dumm.

Dann kickt sie ein paar Steinchen weg und sucht den Boden mit dem Blick nach hübschen Muscheln ab.

»Das ist ein ganz besonderes Gefühl, man weiß es einfach«, sagt sie und sieht mich neugierig an.

Ich wende mich wieder der Schnigge zu und frage mich, woher sie das wissen will. Dann mache ich weiter mit Klappehalten. Ich bin echt gut darin. Ich fühle mich wohl dabei.

Trotzdem vermisse ich Rut und unsere Gespräche, wenn sie im Laden aushilft, weil an dem Tag Waren geliefert werden, die ausgepackt, etikettiert und ins richtige Regal geräumt werden müssen. Marmeladengläser und Fischköder.

Vorher denke ich, dass es schön wird, mal wieder allein zu

sein, aber dann fühle ich mich fast ein klitzekleines bisschen einsam.

Zum Reden hab ich dann nur den Schnulzensänger.

Und manchmal glaube ich, er versteht mich.

Eines Abends kommt Ylva über die Schafkoppel angerannt. Opa und ich sitzen gerade unter dem Fliederbaum im Schatten. Er sagt mal wieder Vogelnamen auf. Drüben im Großen Wald zwitschert es ab und zu, und Opa erklärt mir, welcher Vogel das ist. Den Namen schlage ich dann im Vogelhandbuch nach und schaue mir das dazugehörige Bild an. Gelbspötter, Mönchsgrasmücke, Rosenfink …

Dabei trinken wir Rhabarbersaft, wie immer. Opa hat einen unerschöpflichen Vorrat.

Als er Ylva sieht, zuckt er zusammen. Wahrscheinlich, weil sie sich so beeilt. Dann muss es etwas Wichtiges sein. Plötzlich ruft sie meinen Namen.

»Vinga, Vinga, deine Mama hat angerufen!«

Da verrutscht mein Herz ein Stück, und plötzlich ist alles durcheinander. Ich sehe Opa an, dass er sich Mühe gibt, ruhig zu wirken. Aber seine Augen flackern nervös.

»Dann gehen wir mal rüber und telefonieren mit ihr«, sagt er und versucht so zu klingen, als wäre alles in bester Ordnung.

Dabei sind immer wir diejenigen, die Mama anrufen. Sie ruft nie zuerst an.

Während wir uns zu dritt auf den Weg zu Ylva machen, versuche ich, an etwas anderes zu denken. Mir nicht auszumalen, was Mama gleich sagt. Nicht daran zu denken, was alles passiert sein könnte. Mich nicht an Mamas Tränen und Schniefen zu erinnern.

Opas Schritte sind anders als sonst, länger und schneller.

Ylva und er sagen kein Wort. Als wären ihre Münder verrammelt und verriegelt. Aber obwohl wir so schnell gehen wie noch nie, fühlt sich der Weg endlos an.

Als wir in Ylvas Küche kommen, riecht es angebrannt. Das tut es immer. Ein bisschen wie im Werkraum in der Schule. Ylva sagt, sie setzt schon mal Kaffee auf, und Opa erklärt, dass es das Beste sei, wenn er zuerst mit Mama redet. Aber da gehe ich schnell an ihm vorbei und ins Zimmer hinter der Küche. Ich setze mich auf den kleinen Hocker neben dem Telefon, stoße mit dem Fuß die Tür zu und hebe den Hörer ab.

Vinga, hallo.«

»Mama.«

»Oh, meine Kleine, wie geht's dir?«

»Gut. Gut geht's. Was ist denn?«

»Was machst du so den ganzen Tag?«

»Ich arbeite am Boot, ist doch klar, aber was ist los? Warum rufst du an? Ist was passiert?«

»Ob etwas passiert ist? Neeeeiin …«

»Sag schon!«

»Was denn? Ich wollte mit dir sprechen. Du fehlst mir, das verstehst du doch wohl?«

»Das ist alles?«

»Na ja, was heißt alles … du fehlst mir sogar sehr. Und manchmal muss ich eben deine Stimme hören.«

Dann lacht sie, auf der anderen Seite des Meers. Und im selben Moment schmilzt das Eis in mir. Alles auf einmal. Ich zittre, und plötzlich sitze ich da und schniefe in den Hörer hinein. Hastig wische ich mir mit dem Handrücken die Nase, aber zu spät. Mama hat mich gehört.

»Aber Schatz … was ist denn? Weinst du etwa?«

Ich kann nichts sagen. Aus meinen Augen strömen Tränen. Meine Nase läuft. Ich bekomme kaum Luft, und aus meinem Mund dringen seltsame Laute.

»Liebling, was ist denn? Ich dachte, du hast so eine gute Zeit auf der Insel. Stimmt etwas nicht? Hast du Heimweh? Ich komm dich abholen, okay? Schatz?«

Ich versuche, etwas zu sagen. Mich zu verteidigen. Ich will nicht weinen, aber gegen die Tränen komme ich nicht an. Wenn sie nicht angerufen hätte, wäre alles wie immer, dann bräuchte ich jetzt keine Umarmung. Kapiert sie das denn nicht? Es geht mir gut, solange ich nicht aufs verdammte Festland zurückmuss.

»Ähm.«

Mehr bekomme ich nicht heraus, und plötzlich bin ich nur noch wütend. Auf Mamas »Liebling« und »oooooh« und »ach, Kleine«. Verdammt, ich bin doch keine Kleine! Aber wütend bin ich, auf die Welt da draußen, die es immer noch gibt, ein paar Stunden mit der Fähre entfernt.

Plötzlich fliegt die Tür auf, und Opa stürzt ins Zimmer. Seine grauweißen Haare sind zerzaust, seine Augen pechschwarz. Er sieht aus, als wäre jeder Muskel in seinem Körper angespannt.

Er reißt mir den Hörer aus der Hand, und dann schreit er Mama in der Ferne an.

»Was ist passiert?«

Als wir von Ylva nach Hause gehen, versinkt die Sonne gerade im Meer. Am liebsten wäre ich jetzt auf meiner Klippe. Allein. Weil ich noch nicht richtig fertig geweint habe. Aber neben mir geht Opa und redet und lacht. Seine Schritte sind jetzt wieder wie sonst, langsam. Und ab und zu bleibt er stehen und lauscht.

Aber ich höre nichts. Nicht mal das Meer.

Manchmal gerät alles durcheinander, sagt Opa, wenn man Angst hat.

Und dass Mama mich eben vermisst, das kann man ja verstehen. Und Papa auch. Dass Mama ihm gesagt hat, alles sei schon viel besser geworden, sie sei nur noch ganz selten traurig. Papa und sie würden miteinander reden und versuchen, dies und das zu klären.

Dies und das, dies und das.

Wenn ich nach Hause fahre, sagt er, ist bestimmt fast alles wie immer.

»Aber auch nur *fast*«, antworte ich mit Babystimme.

Er versteht meine Anspielung und lacht.

Er sagt, dass wir uns keine Sorgen machen sollten, schließlich hätten wir den heißesten Sommer seit Ewigkeiten und sollten jetzt alles daransetzen, die Schnigge seetüchtig zu machen. Wenn ich dann im Herbst in die Stadt zurückfahre, habe ich

Segeln gelernt, und alles wird in Ordnung sein. Allerdings, fügt er dann noch hinzu, wird es Zeit, dass ich ihn endlich mal beim Schach schlage.

Trotzdem ist es so schwer, nicht an Mama und Papa und die Stadt und alles andere zu denken. Am Telefon hat Mama gesagt, dass sie Sehnsucht nach mir hat und sich fragt, ob es uns hier draußen gut geht. Das war, nachdem Opa mit ihr gesprochen hatte. Ich wollte mich noch richtig von ihr verabschieden und ihr versichern, dass wirklich alles in Ordnung ist.

»Ich hab hier eine Freundin gefunden«, hab ich gesagt und mir Mühe gegeben, es wie die normalste Sache der Welt klingen zu lassen. Völlig undramatisch.

Aber Mama hat natürlich ein Riesending daraus gemacht.

»Oh, wie toll, ich freu mich für dich«, hat sie gesagt und versucht, mich weiter auszuquetschen.

Den Namen bekam ich gerade noch heraus: Rut. Und die Haarfarbe: pechschwarz. Aber dann war Schluss.

»Hör jetzt auf, Mama!«, hab ich gesagt. »Ist gut. Und vor allem: Nenn mich nicht Liebling!«

Bevor wir aufgelegt haben, hat sie noch gesagt, dass sie immer an mich denkt, und dann musste ich ihr versprechen, sie jeden zweiten, mindestens dritten Abend anzurufen. Im Gegenzug versprach sie, sich nur im äußersten Notfall zu melden. Um Opa und mich nicht wieder zu erschrecken.

»Gut«, sagt Opa auf dem Heimweg, und dass er gar nicht

gemerkt hat, dass wir sie so lange nicht angerufen haben, und da sage ich: »Ich auch nicht.«

»Ich bin so daran gewöhnt, die Klappe zu halten«, sagt er. »Und du hast auch genug um die Ohren.«

Und genau so sollte es doch sein, fügt er hinzu, und ich bin ganz seiner Meinung.

Zu Hause hängen wir unsere Mützen an ihre Haken. Dann setzen wir uns an den Tisch. Alles wie immer. Der Teekessel steht auf dem Herd, und Opa zündet seine Pfeife an. Heute bekommt er zwei Schnäpschen, die braucht er nämlich. Aber er holt keine Karten raus. Keine Würfel und kein Schiffsschach. Stattdessen will er mir eine Geschichte erzählen.

Eine Geschichte über Väter.

»Es war an einem Frühlingstag«, fängt er an.

Es war an einem Frühlingstag. Einem dieser klaren Tage, an denen die Vögel nach Norden fliegen. Die Eisdecke auf dem Meer sang und schrie. Und weit draußen auf den Eisschollen saßen Seeadler und spähten in alle Richtungen.

Am Morgen begaben sich drei Männer aufs Eis hinaus. Sie gingen geradewegs auf die Sonne zu, die tief am Himmel stand. Sie zogen einen schwarz geteerten Kahn hinter sich her und hatten Flinten geschultert. Es waren Vogeljäger, die Eis-, Eider- und Schellenten schießen wollten. In dem Boot, in dem der Fang transportiert werden sollte, lagen Proviant und Stiefel.

Schritt für Schritt bewegten sie sich immer weiter aufs Meer hinaus, und das Boot ließ sich leicht übers Eis ziehen. Dann vernahmen sie die ersten Flügelschläge. Sie hielten inne, und die Schüsse waren bis zum Ufer zu hören.

Ja, sie waren Vogeljäger. Und sie waren Väter.

Ihre Familien hatten sie auf der Insel gelassen und ihnen reiche Beute versprochen. Eins der Kinder hatte gedrängelt, mit rausgehen zu dürfen. Er wollte so gern die Vögel sehen. Die Schüsse hören. Aber nein.

Den ganzen Tag wartete der Junge am Ufer auf seinen Vater. Er stand an der Stelle, wo die Jäger aufs Eis gegangen waren. Er setzte sich auf einen Felsen und spähte Richtung Horizont. Er ging am Strand auf und ab.

Er fror.

Dann ging er zu einem Fischerschuppen und lehnte sich gegen die Bretterwand. Die Sonnte schien, und allmählich wurde ihm wärmer. Die ganze Zeit spähte er aufs Eis hinaus, aber er konnte sie nirgends entdecken, die Väter. Die Vogeljäger. Als es allmählich dunkel wurde, wartete der Junge noch immer, und da kamen die Mütter mit allen anderen Kindern an den Strand und fragten, was passiert sei.

Draußen auf dem Eis war das Boot der Vogeljäger schon voller Eisenten. Und jetzt richteten sie die Flinten konzentriert auf eine Eiderschar.

Plötzlich fing das Eis an zu singen. Die Jäger entdeckten den Riss zu spät.

›Zur Hölle!‹, schrien sie, weil sie sich zu weit von ihrem Boot entfernt hatten.

Zwischen den Jägern und dem Boot öffnete sich ein schwarzes Grab. Einer der Väter setzte zum Sprung an, aber der Riss war längst zu breit.

Er hatte eine Sekunde zu lang gezögert.

Weil er Angst hatte vor dem kalten schwarzen Wasser. Weil er hoffte, alles würde sich noch zum Guten wenden.

Und so standen die Männer auf ihrer Eisscholle und sahen mit an, wie der schwarz geteerte Kahn in der Sonne funkelte und immer weiter davontrieb. Oder vielleicht waren eher sie diejenigen, die davontrieben. Was dann geschah, darüber kann man nur spekulieren. Niemand hat es je erfahren.

Der Junge am Strand sollte seinen Vater nie wiedersehen. Die anderen Kinder sahen ihre Väter nie wieder. Und die Frauen, an deren Beine sich die Kinder schmiegten, sahen ihre Männer nie wieder.

Noch viele Jahre suchte der kleine Junge den Strand ab. Nach Spuren seines Vaters. Aber vergebens. Er dachte an das schwarze kalte Meer, die Fische und daran, was mit einem großen, starken Vater am Meeresgrund passieren würde. Nachts konnte er kaum schlafen. Er schreckte hoch und schrie. Er vermisste seinen Vater.

Und er blieb sein Leben lang am Meer.«

Als unsere Teetassen leer sind, steht Opa auf und streckt sich. Er muss raus aufs Plumpsklo.

»Ich denke immer noch oft an diesen Tag«, sagt er auf dem Weg zur Tür.

Er drückt die Klinke, dreht sich noch einmal um und sieht mich an.

»Und dann bin ich froh, dass mein Vater mir verboten hat, mit ihm aufs Eis zu gehen. Und du solltest auch froh sein.«

Dann schließt er die Tür, und ich bin allein.

Mein Herz rutscht zurück an den richtigen Fleck.

Ich merke, dass es pocht, dass ich lebe.

Ich bin geboren worden, es gibt mich. Und das Meer …

Na siehst du!«, sagt Rut.

»Was?«

»Das Meer ist böse. Lebensgefährlich. Gib acht, Seemann.«

Wir sitzen wieder im Schatten der Schnigge und trinken Opas Rhabarbersaft. Gerade habe ich Rut von Opas Papa erzählt. Davon, wie er verschwunden ist. Die Geschichte will mir nicht aus dem Kopf gehen. Ich bin mir nicht sicher, warum Opa sie mir erzählt hat. Sonst sagt er doch immer, ich soll mir um meinen Papa keine Sorgen machen. Und trotzdem erfüllt sie mich mit einer Art Ruhe. Mit dem Gefühl, dass am Ende alles gut wird. Oder alles egal ist.

»Die Frage ist doch, was mit den Papas da unten passiert ist«, sage ich – der Gedanke lässt mich einfach nicht los. In meinem Kopf tauchen schreckliche Bilder auf, von Haaren, die im Wasser treiben, von starrenden, toten Augen.

»Was meinst du?«

»Na, da unten, im Meer. Nachdem sie auf den Grund gesunken sind. Was ist dann aus ihnen geworden?«

»Fischfutter, vermute ich mal«, sagt Rut.

Wir starren vor uns hin.

»Aber das passiert nicht nur mit Papas«, sagt Rut nach einer Weile. »Jeder kann ertrinken. So was passiert auf dem Meer. Andauernd verschwinden Menschen. Nicht nur Papas.«

Rut erzählt von den Geschichten, die sie gehört hört. Geschichten darüber, wie gefährlich das Meer ist. Geschichten über verschwundene Kinder, sinkende Schiffe und Leichen fressende Fische. Ich lasse den Blick über das spiegelglatte Blau gleiten und versuche, mir die Tiefe darunter vorzustellen. Male mir aus, was es dort unten alles gibt. Was es dort nicht gibt. Die Leere. Die unendliche Leere.

»Mir macht das eine Scheißangst«, sagt Rut und sieht auf die Steine.

»Mich beruhigt es irgendwie«, sage ich. »Das Meer, das Unbekannte.«

Dann erzähle ich ihr von meinen Albträumen, in denen das Meer immer meine Rettung ist. Plötzlich liegt es vor mir, und ich kann hineinspringen, wegschwimmen, mich vor den Gefahren, die mir auf den Fersen sind, in Sicherheit bringen.

»Wusstest du, dass fünfundneunzig Prozent der Ozeane unerforscht sind?«, frage ich.

Sie blickt mich stumm an. Natürlich interessiert sie sich nicht für so was. Trotzdem sagt sie: »Cool.«

Und da erzähle ich weiter: »Ja, und das bedeutet, dass es unzählige Lebewesen gibt, die noch kein Mensch je gesehen hat. Tiere und Pflanzen, die in ihrer eigenen Welt leben. Hast du vom Riesentintenfisch gehört?«

»Deine Sommersprossen sind hübsch«, sagt Rut und streicht mit dem Finger über mein Schienbein.

In meinem ganzen Körper kitzelt es und fühlt sich komisch

an. Ich zucke zusammen, ziehe schnell mein Bein weg. Aus Reflex. Danach komme ich mir dumm und leer vor.

»Tut mir leid«, sagt sie.

Ich schlucke und erzähle weiter.

»Na ja, über die Riesentintenfische war quasi nichts bekannt, es kursierten nur Legenden über Schiffe, die sie mit ihren Riesententakeln in die Tiefe gezogen hatten, aber dann fand man –«

»Sommersprossen, die könnten auch so kleine Meerestierchen sein.«

»Sprotten.«

»Hä?«

»Du denkst vielleicht an Sprotten?«

»Ach ja«, sagt sie nur und lacht. Sie stupst mich an, und ihr Lachen klingt überhaupt nicht gemein. Sie sieht fröhlich aus.

»Sprotten«, wiederhole ich und spüre, wie es in mir blubbert. Dann lachen wir zum spiegelglatten Meer hinaus.

Keine Ahnung, was so lustig ist, das Lachen sprudelt einfach so aus mir heraus. Aber die Vögel kümmert das nicht. Ringsherum ist alles wie immer, nur wir sitzen da und lachen uns schlapp.

»Ich hasse Sprotten«, sagt Rut und lacht weiter. »Ich. Hasse. Sprotten …«

Als wir nur noch ein leises Kichern übrig haben, sagt sie noch mal: »Ich hasse Sprotten.« Dann senkt sie den Blick. »Aber deine Sommersprossen mag ich.«

Da strecke ich die Beine wieder aus, bis sie flach auf den heißen Steinen liegen. Es prickelt an meinen Oberschenkeln und Waden, aber ich halte das Brennen aus.

»Ich hab sie immer gehasst«, sage ich und sehe auf meine Beine.

Die Sommersprossen sehen aus wie winzige Schäreninseln, die an manchen Stellen zu großen Ländern verschmelzen. Inseln, durch die man nur schwer navigieren kann, mit Untiefen dazwischen.

»Meine Sommersprossen, meine Haare, meine Lippen.«

Ich ziehe einen extragroßen Schmollmund. Es passiert einfach.

Rut lächelt.

»Die sind doch total okay«, sagt sie und lacht. »Guck mich mal an, bleich und dürr. Wie ein Skelett.«

Ich sage nichts, lächle nur. Und erinnere mich an das erste Mal, als sie hier am Strand aufgetaucht ist. Damals fand ich sie ein bisschen unheimlich.

»Ich bin der Tod …«, sage ich mit tiefer, schleppender Zombiestimme, aber Rut versteht den Witz nicht.

»Du bist komisch«, sagt sie nur. »Kannst du nicht weiter von deinen Riesenquallen erzählen?«

»Tintenfische!«

»Whatever.«

»Soll ich wirklich?«

»Schieß los!«

»Na ja, eines Tages wurden tote Tintenfische an Land geschwemmt. In Norwegen, Japan, Australien … und die waren riesig, zehn, fünfzehn Meter lang –«

»Guck mal!«, ruft Rut plötzlich und wühlt mit einer Hand in den Steinen herum. Dann hält sie eine Muschel hoch, die schön rund und gestreift ist. Grau und rosa schimmernd und mit gleichmäßigen Einkerbungen überzogen.

»Hübsch«, sage ich. »Eine Kammmuschel.«

Das weiß ich von Opa. Als ich klein war, hat er am Strand immer auf alles Mögliche gezeigt und gesagt, wie die Dinge heißen. Als würde er ihnen einen Namen geben: Steinwälzer, Seestern, Kalkstein …

»Äh«, sagt Rut. »Das ist doch keine Muschel, das ist 'ne Schnecke.«

Dann klappt sie die Muschel auf und bricht sie am Scharnier auseinander, in zwei gleich große Teile. Wie zwei kleine Teller. Eine Hälfte lässt sie in der Tasche ihres langen schwarzen Flatterhemds verschwinden. Die andere hält sie mir hin.

»Hier, für dich«, sagt sie. »Die bringt Glück, auf dem Meer.«

Dann steht sie auf.

»Ich muss Oma helfen«, sagt sie und winkt mir im Gehen lässig zu, wie immer.

Bald ist sie nur noch ein winziger schwarzer Punkt in der Ferne.

Ich bleibe noch ein bisschen im Schatten sitzen und streiche mit den Fingern über die Muschel. Dann stecke ich sie ein.

Aber den Nachmittag über wandert meine Hand immer wieder in die Tasche, um abwechselnd die geriffelte und die glatte Seite zu ertasten.

Als ich mit dem Schraubendreher an der Schnigge arbeite, muss ich regelmäßig eine kleine Pause einlegen. Nur um kurz die Muschel zu befühlen.

Irgendwann mal hab ich einen Dokumentarfilm über einen japanischen Wissenschaftler gesehen, der sein ganzes Leben der Suche nach einem lebenden Riesentintenfisch verschrieben hatte. Bis heute ist er der Einzige, dem es gelungen ist, einen zu fotografieren. Der Riesentintenfisch war wie ein Blitz, der einen Augenblick lang im Meer aufflackerte.

Ich weiß noch, wie ich auf dem Sofa saß – Papa war wahrscheinlich am Schreibtisch und Mama in der Küche – und so ein Kribbeln im Bauch spürte.

Und genau so fühlt es sich jetzt an, wenn ich mit dem Daumen über die Muschel streiche, die auf jeden Fall eine Kammmuschel ist.

Ein flüchtiger greller Blitz, tief in der Dunkelheit.

Das nächste Mal treffe ich Rut im Inselladen. Opa und ich brauchen Butter und noch ein paar andere Sachen, und es macht mir überhaupt nichts aus, ins Dorf runterzuradeln.

Gerade als ich vor den Milchprodukten stehe, geht die schmale Tür in der Ecke auf, Rut kommt heraus und steuert schnurstracks auf eins der Regale zu. Sie wühlt zwischen den Marmeladengläsern herum, während ich auf sie zugehe. Meine Hand steckt in der Hosentasche, und mein Daumen wandert über die glatte Innenseite der Muschel.

»Was geht?«, frage ich, wie sie es immer macht, aber wenn ich das sage, klingt es total falsch. Das scheint auch Rut zu finden. Sie lacht und greift nach einem Marmeladenglas.

»Frühstück. Aber sie darf mich nicht sehen«, flüstert sie und nickt zur Kasse, wo ihre Oma steht.

»Sehen wir uns später?«, frage ich so leise, als wäre es ein Geheimnis.

»Ich versuche, mich hier abzuseilen«, flüstert Rut mit einem Blick Richtung Kasse.

Dann schleicht sie zurück in die Ecke. Zur Tür, die ins Wohnhaus führt. In Ruts Welt. Sie winkt mir mit dem Marmeladenglas in der Hand zu und schließt die Tür, leise und vorsichtig.

Ich gehe zur Kasse, und Ruts Oma schreibt alles auf eine Liste und packt die Sachen für mich ein. Sie lächelt mir zu, aber es fühlt sich nicht richtig an. Vor mir sehe ich nur eins: eine Gefängniswärterin.

Mein Daumen in der Tasche ist schon ganz wund gefühlt.

Am Abend auf meiner Klippe schwirrt mir ein Lied im Kopf herum. Die Sonne geht gerade unter, und die Vögel flattern kreischend über den Strand. Möwen, einfach unverbesserlich.

Jeden Abend das gleiche Spiel: Die Möwen schwingen sich in die Lüfte, drehen ein paar Runden, schreien und rangeln um die besten Plätze. Bis sie irgendwo landen, ich vermute mal, um zu schlafen.

Aber manchmal fliegt eine von ihnen aufs offene Meer hinaus und auf den Sonnenuntergang zu. Immer weiter und weiter. Schwer vorzustellen, wo sie hinwill.

Und da schwirrt mir das Lied durch den Kopf:

Raus aufs offene Meer, raus aufs offene Meer …

Papa hat es mir vorgespielt, an einem Nachmittag zu Hause in der Küche. Wenn er das Lied höre, müsse er an mich denken, meinte er. Damals hat er das öfter gemacht. Er brachte ein Lied mit nach Hause, das er mir sofort vorspielen wollte, oder ein Buch, das ich unbedingt lesen sollte. Er wollte so gern, dass es mir gefiel.

»Hör zu«, sagte er ganz aufgeregt. »Hör zu, bitte, Vinga, du wirst das Lied lieben.«

Oder: »Du musst dieses Buch einfach lesen. Du musst.«

»Okay«, sagte ich dann, ehe das Buch auf dem Stapel neben meinem Bett landete.

Eines Tages würde ich die Bücher lesen, das hatte ich mir felsenfest vorgenommen, aber weil Papa andauernd fragte und drängelte, verlor ich irgendwann die Lust.

Die Bücher blieben unangerührt auf dem Stapel liegen.

Papa findet, ich sollte Gedichte lesen, das würde zu mir passen. Er meint, ich hätte eine künstlerische Ader, nur wegen meiner wuscheligen Haare und quietschbunten Klamotten. Mein Lehrer denkt das übrigens auch. Papa sagt immer, es gibt keinen schöneren Beruf auf der Welt, als Bücher zu schreiben. Wahrscheinlich findet mein Lehrer das auch. Und Schriftsteller sind wohl von Natur aus eher in sich gekehrt. Janne heißt er, mein Lehrer, also mein Ex-Lehrer. Apropos unpoetische Namen. Rut klingt viel besser. Vinga eigentlich auch. Aber Angelica – Vollkatastrophe.

Außerdem werde ich doch eh Seemann. Und Gedichte versteht kein Mensch.

»Die Sängerin sieht ein bisschen aus wie du«, meinte Papa jedenfalls, während er neben dem Lautsprecher in der Küche stand. Er holte sein Smartphone raus, googelte und hielt mir das Bild unter die Nase. Die Sängerin hatte tatsächlich buschige Haare, aber sie waren nicht feuerrot wie meine, sondern eher rotbraun. Schmollmund, weites Hemd. Eigentlich sah sie ziemlich cool aus, und wahrscheinlich fand Papa das auch.

Aber ähnlich waren wir uns kein bisschen.

»Sie hat was von Bob Dylan«, sagte Papa und betrachtete weiter das Bild.

»Ich scheiß auf Bob Dylan!«

»Ja, schon klar, Vinga, aber hör dir das Lied trotzdem an. Bitte!«

Also hörte ich mir das Lied an. Zehn Mal hintereinander, mindestens. Ich ließ die Beine von der Arbeitsplatte baumeln, während Papa in der Küche rumwurschtelte.

Mitten in der Apokalypse
malen wir die Sonne ab
die Sonne ab …

»Was singst du da?«

Rut, natürlich. Rut, die aus dem Nichts auftaucht. Urplötzlich steht sie neben mir. Auf meiner Klippe, wo ich sonst immer allein bin. Wo ich immer allein sein wollte. Und trotzdem kann ich sie sofort spüren, die Funken.

Rut setzt sich neben mich, ganz nah. Sie strahlt eine ungeheure Wärme aus, die man gar nicht erwartet, wenn man sie so sieht. Ich spüre, wie mein Herz pocht. Wie es im Brustkorb flattert.

Schmetterlingspuls.

»Was war das? Hört sich gut an.«

Sie klingt ungewohnt fröhlich.

»Ach, nur so ein Lied. *Der Aal*, heißt es.«

Dann plappere ich einfach drauflos. Keine Ahnung, warum das bei Rut immer so ist. Warum ich rede wie ein Wasserfall, ausgerechnet ich, die sonst immer still dasitzt und kein Wort rausbekommt. Als ich klein war, hat Papa viel mit mir darüber geredet.

»Aber du kannst doch wenigstens etwas sagen, wenn dich jemand anspricht«, meinte er und zog die Augenbrauen hoch.

Aber genau das ging eben nicht. Ich bekam einfach nichts heraus. Und es wurde nur schlimmer, wenn er mich drängte.

Keine Ahnung, warum, vielleicht bin ich einfach so. Aber bei Rut ist es anders. Ich rede. Ich schaue aufs Meer hinaus und rede.

Erzähle von den Aalen. Von den Geheimnissen dieser mystischen, schlangenartigen Fische. Davon, wie sie vom Süßwasser ins Meer wandern und zum Laichen den weiten Weg bis in die Sargassosee zurücklegen. Nirgendwo sonst haben Meeresbiologen Aallarven gefunden. Nur in der Sargassosee. Keiner weiß, wie die Aale dort hinkommen. Woher sie den Weg kennen und wie die Jungtiere sich danach verstreuen, wie sie aus der Sargassosee in die trüben, schlammigen Binnenseen auf der ganzen Welt gelangen.

Ich schaue zum Horizont, zur Sonne, die langsam untergeht.

»Wo liegt diese See?«, fragt Rut neben mir.

Ich spüre ihren Blick, traue mich aber nicht, in ihre Richtung zu sehen.

»Im Atlantik«, antworte ich. »Nicht weit von den Bahamas.«

»Nice«, sagt sie.

Ich lache.

»Angeblich hat ein Aal hundertfünfzig Jahre lang in einem Brunnen in Schonen gelebt«, sage ich. »Der ist nie dort hingekommen.«

»Wohin?«

»Na, in die Sargassosee. Zu den Bahamas. Obwohl er dort geboren sein muss. Bestimmt hatte er eine Riesensehnsucht, während er hundertfünfzig Jahre in diesem Brunnen herumschwamm, immer im Kreis, ohne an ein Ziel zu kommen. Stell dir das mal vor!«

»Du weißt so viel«, sagt sie nur.

»Über Aale weiß eigentlich niemand besonders viel, das ist ja das Spannende.«

»Ich wusste nicht mal das«, sagt sie.

»Auf dem Weg zum Meer kriechen sie manchmal auch über Land, wie Schlangen. Die Aale, meine ich.«

»Bäh, voll eklig.«

Dann rutscht sie unruhig hin und her und fummelt an etwas herum. Ich höre etwas rascheln und drehe mich abrupt zu ihr um. Sehe ihr bleiches, spitzes Gesicht. Ihre glatten schwarzen Haare.

»Was machst du da?«, frage ich, als mein Blick auf die Zigarettenschachtel in ihrer Hand fällt. Und auf das Feuerzeug, an dem noch das Preisschild klebt.

»Hab ich aus dem Laden mitgehen lassen«, sagt sie. »Hast du schon mal?«

In meinem Bauch kribbelt es wieder, aber diesmal ist es kein gutes Kribbeln.

»Und wenn es einen Brand gibt?«, frage ich und muss an die Warnungen im Radio denken.

Sofort komme ich mir dumm vor, und als sie mir die Zigarettenschachtel unter die Nase hält, schüttle ich nur stumm den Kopf. Rut seufzt. Ich bin so verdammt langweilig, aber ich will echt nicht probieren.

Rut zündet sich eine Zigarette an, nimmt einen Zug und schließt die Augen. Ich starre sie an. Der Rauch kringelt sich von der Zigarettenspitze in die Luft. Wie ein Aal.

Plötzlich fängt Rut an zu husten. Sie lässt sich in das vertrocknete gelbe Gras sinken und hört gar nicht mehr auf. Die Möwen sind inzwischen verstummt. Nur noch Rut ist zu hören. Erst ihr Husten und dann, als irgendwo hinter uns ein Schaf blökt, ihr Lachen.

»Igitt«, prustet sie zwischen den Lachattacken hervor.

Dann drückt sie die Zigarette in der staubigen Erde aus. Und im selben Moment merke ich, wie sich in mir etwas löst, und ich fühle mich gleich besser. Ich bin überhaupt nicht mehr nervös und lege mich neben Rut ins Gras.

»Du stinkst«, sage ich, denn es riecht überhaupt nicht so süß und satt wie der Rauch von Opas Pfeife.

»Tut mir leid«, sagt sie. »Ich hab's mir auch anders vorgestellt.«

Dann liegen wir nebeneinander im Gras, und Rut erzählt wieder, wie sehr sie die Stadt vermisst. Dass sie sich auf der Insel wie eine Gefangene vorkommt, dass ihre Oma eine eiserne Gefängniswärterin ist. Dass sie dachte, die Zigarette würde nach Freiheit schmecken, offensichtlich ein Riesenirrtum.

Ich lächle dem Himmel zu, wo nach und nach die Sterne angezündet werden.

»Jetzt rauchen die Engel Zigarre.«

Das hat Opa früher gesagt, wenn wir die glühenden Punkte am Himmel beobachtet haben.

»Du bist so schräg«, sagt Rut, aber es macht mir nichts aus.

Dann wird alles still. Der Himmel färbt sich dunkelblau. Als wir uns schließlich hochrappeln, fällt mir ein, dass ich jetzt den Seewetterbericht, den Zwieback und den Tee verpasst habe.

Ob Opa schon im Bett liegt? Ob er sich wundert, wo ich bleibe? Ich klopfe Staub und trockenes Gras von Ruts Rücken, und sie zupft ein paar Halme aus meinen Haaren.

»Zum Glück bist du hier«, sagt sie, dreht sich um und schlendert los in Richtung Dorf.

Ich brauche eine Weile, um den Zigarettenstummel zu finden. Dann lasse ich ihn in der Hosentasche verschwinden und mache mich auf den Weg zum Haus.

Es ist ein besonderes Gefühl. Dass es jemanden gibt, der mich mag. Jemand, der weder Mama noch Opa ist. Und auch nicht Papa. Vielleicht hält es nur bis zum Ende des Sommers. Wahrscheinlich wird alles wieder wie sonst, wenn ich nach Hause komme.

Und trotzdem …

Wenn ich mit Rut den Strand entlangspaziere und mit ihr rede oder einfach nur neben ihr sitze und die Klappe halte oder mit Sandpapier das Boot abschleife, dann fühlt sich alles besonders an. Dann ist er da, der geheimnisvolle, unentdeckte Riesentintenfisch, der im Dunkeln blitzt und leuchtet.

Wenn wir am Boot arbeiten, redet fast nur Rut, und ich höre ihr zu. Manchmal wird sie sauer, weil ich nicht antworte. Ich muss dann so tun, als wüsste ich, was sie gesagt hat, obwohl ich mit meinen Gedanken woanders war. Rut wird ziemlich schnell sauer, manchmal völlig ohne Grund, und sie jammert gern. Aber dann lache ich sie einfach aus, und damit scheint sie klarzukommen.

Ich vertraue ihr Dinge an, die ich noch nie jemandem erzählt habe. Nicht unbedingt Geheimnisse, aber ein bisschen kommt es mir so vor. Bis jetzt gab es niemanden, mit dem ich sie teilen konnte. Aber plötzlich sprudelt alles aus mir heraus.

Ich erzähle ihr von dem Kater, den Opa angeschafft hat, als

ich klein war. Er sollte mir gehören, aber trotzdem war es Mama, die ihm einen Namen gab. Bengt. Anfangs hatte ich Bengt unglaublich lieb, aber dann fing er eines Tages an, tote, oder halb tote, Vogelküken anzuschleppen. Jedes Mal sagte Opa die Namen der Vögel, und dann seufzte er, raufte sich die Haare. Ich schrie Bengt an: »Du bist ein Monster!«, und bevor ich abends das Haus betrat, fragte ich immer: »Wie viele wurden heute ermordet?«

Ich erzähle Rut, wie glücklich Opa klang, als er im Herbst bei uns in der Stadt anrief und erzählte, Bengt sei nicht mehr da. Ein Uhu habe ihn verschleppt. Wie erleichtert Opa gewirkt hat.

Mama meinte, die Monsterkatze hätte nichts anderes verdient. Mir kam das ziemlich grausam vor, obwohl ich Bengt auch ein bisschen gehasst habe.

»Dir ist schon klar, dass dein Opa das Vieh selbst kaltgemacht hat?«, fragt Rut, obwohl sie das überhaupt nicht wissen kann. Uhus können Katzen tatsächlich verschleppen, und Bengt war so klein. Außerdem will ich gar nicht weiter darüber nachdenken.

Dann erzähle ich Rut von dem toten Albatros, den ich in der Zeitung gesehen habe. Zu Untersuchungszwecken hatten Wissenschaftler ihm den Bauch aufgeschlitzt. Und auf dem Bild lag der Mageninhalt rings um den toten Vogelkörper: Feuerzeuge, Luftballons, Plastikkorken, kaputte Spielzeugfiguren, Legosteine, Plastiktüten.

Plastik, Plastik, Plastik …

»Ganz schön dämlich, diese Möwen«, sagt Rut und blinzelt zu den Vögeln auf der Klippe.

»Es war ein Albatros …«, sage ich vorsichtig.

Und sie: »Whatever.«

Genau so würden die anderen in meiner Klasse reagieren. Und dann würden sie weiter auf irgendein Handy glotzen. Und ich würde denken, alles Idioten, diese sogenannten Klassenkameraden. Aber jetzt, wo Rut das sagt, muss ich trotzdem lachen. Keine Ahnung, warum, ich find's irgendwie lustig.

Und ich käme nie auf die Idee, jemand anderem all diese Sachen anzuvertrauen.

Ich erzähle ihr auch von Mama und ihren Stimmungsschwankungen und von Papa und dem Schal und dem Geruch und von Angelica, die immer einen auf freundlich macht. Ich imitiere Angelica, wie sie beim Gehen mit den Hüften wackelt und ihre Ohrringe klimpern lässt.

Rut lacht, dass ihr die Tränen kommen. Dann streicht sie mir über den Rücken und sagt, sie versteht mich.

»Klingt echt übel«, sagt sie.

Danach unterhalten wir uns über andere Dinge. Und plötzlich ist es, als wären wir allein auf der Welt, und wenn die Insel für eine Weile, wenigstens den Sommer über, unsere ganze Welt ist, stimmt das ja auch fast. Nur sie und ich. Und die Vögel und der Steinstrand und das tiefe Meer da draußen. Kein Festland, keine Einweggrills, keine Waldbrände. Keine Bäuche mit Babys drin. Und plötzlich fühlt sich alles ganz leicht an.

Plötzlich habe ich überhaupt keine Angst mehr, dass ich etwas Peinliches machen könnte. Ich zerbreche mir nicht den Kopf darüber, was Rut über mich denkt. Man ist, wer man ist, und sie muss sich damit zufriedengeben, wie ich bin.

Einmal hat sie sogar gesagt, dass sie gerne so mutig wäre, solche Klamotten zu tragen wie ich.

Und ich habe nicht »Gleichfalls« geantwortet. Ich war einfach nur glücklich, auch wenn ich ihr vielleicht nicht hundertprozentig glaubte.

Wahrscheinlich wollte sie nur etwas Aufmunterndes sagen, so wie Papa immer.

Und trotzdem ist da noch ein anderes Gefühl, eine Art Enttäuschung. Für mich gibt's nichts Schöneres als die Insel. Den Kiesstrand, die Schnigge, die Vögel, Opa. Aber von ihr kommen immer wieder diese kleinen Spitzen, dass ihr das alles nicht genug ist. Dass ich ihr nicht genug bin. Manchmal denke ich, sie verbringt nur Zeit mit mir, weil sie hier draußen keine andere Wahl hat. Wenn sie eine *Clique* hätte, mit der sie durchs Dorf streifen oder zum Großen Wald spazieren könnte, mit der sie in der Mittwochskneipe abhängen und lachen könnte, dann wäre ich allein.

Wieder allein.

Andauernd spricht Rut von der Stadt und ihren Freunden und ihrem Heimweh. In diesen Momenten hasse ich ihre Clique. Ich sehe sie vor mir: cool, lustig, hübsch und ohne Ende nervig …

Hier hat Rut nur mich. Und deshalb werde ich diese innere Unruhe einfach nicht los.

Warum verbringt sie Zeit mit mir?

In der Not muss wohl ein Quastenflosser herhalten.

Wenn wir uns nie getroffen hätten, wäre alles so einfach.

Wenn wir uns nie getroffen hätten, wäre alles furchtbar langweilig.

DER WAL

Schon auf der Strandtreppe höre ich, dass etwas anders ist. Es sind die Vögel. Sie klingen aufgescheucht. Wütend.

Ich beschleunige meine Schritte, und als ich unten ankomme, sehe ich gleich hinter der Schnigge eine Wolke aus weißen Vögeln.

Das Meer liegt spiegelglatt da, und entlang der Uferlinie glitzert angeschwemmter Seetang in der Sonne. Nur um die Schnigge herum sorgt die Klippe noch für Schatten.

Ich laufe los und sehe in der Ferne eine schwarze Gestalt, die sich aus der anderen Richtung auf die Vogelwolke zubewegt. Wie eine Vogelscheuche sieht sie aus.

Als die Möwen und Seeschwalben sie bemerken, stiebt die Wolke sofort auseinander; die Vögel fliegen auf und lassen sich auf dem Klippenrand nieder, die Augen weiterhin auf das schwarze, glänzende Etwas am Strand gerichtet.

Als ich bei der Schnigge ankomme, steht Rut schon da.

»Was ist das?«, frage ich.

»Eine Robbe«, sagt sie. »Tot.«

Tot ist das Tier definitiv. Allerdings sieht es eher aus wie ein Delfin. Die Haut schimmert in der Sonne. Vom Rücken steht eine Art Haiflosse ab, und die Schnauze ist spitz. Die Augen sind geschlossen. Es bewegt sich nicht. Atmet nicht.

Ich dagegen bin so lebendig wie schon lange nicht mehr.

Mein Herz hämmert, und mein Atem geht in schnellen Stößen. Als ich zu Rut sehe, merke ich, dass sie weint.

Ich gehe um das tote Etwas herum und stelle mich neben sie. Als ich ihr einen Arm um die Schultern lege, zuckt sie kurz zusammen, aber dann wirft sie sich mir an den Hals und drückt mich. Ganz fest.

»Verdammt«, sagt sie nur. »Verdaaaammt.«

Vorsichtig streiche ich ihr über den Rücken. Es fühlt sich gut und irgendwie richtig an. Mir wird warm von der Umarmung. Obwohl Rut so dünn ist, ist sie ganz weich. Die Wärme breitet sich in meinem Körper aus. Eine Weile stehen wir so da. Ich bekomme ein paar von ihren schwarzen Haaren in den Mund, aber das macht mir nichts. Sie riecht so gut, ein bisschen nach Bleistift. Sie drückt ihren Kopf an meine Schulter. Und ich spüre ihren Körper, wie einen Abdruck auf meinem.

Aber dann lässt sie los. Und ich fühle mich leer.

Sie wischt sich mit dem Ärmel über die Augen, sagt noch mal »Verdammt«, und ich bin mir nicht sicher, was sie damit meint.

Schließlich sage ich, dass ich Opa holen sollte. Bestimmt weiß er, was das tote Etwas ist. Und was wir zu tun haben. Vielleicht muss jemand herkommen und sich um das Tier kümmern.

Rut nickt vorsichtig. Ich frage, ob sie mich begleiten will, aber sie bleibt stehen.

Ich winke ihr zum Abschied und sage, dass ich gleich wieder da bin. Dann laufe ich zur Treppe.

Ein Schweinswal«, sagt Opa.

Ich sehe ihn fragend an.

»Ein Wal? So klein? Sieht eher aus wie ein Delfin.«

»Delfine sind auch Wale«, sagt Opa nur, als würde er das bestimmen.

Dann legt er mir eine Hand auf die Schulter, wie er das manchmal macht.

»Ich hab hier seit Jahren keinen Schweinswal mehr gesehen. Da hast du eine ganz schöne Entdeckung gemacht.«

Mit dem Wal muss etwas nicht gestimmt haben, erklärt er, wahrscheinlich war er krank. Sonst hätte er nicht so falsch navigiert. Vermutlich ist er gestern Abend gestrandet und hat dann die ganze Nacht hier gelegen, bis er starb. Den letzten Atemzug hat der Wal schon vor ein paar Stunden getan, sagt Opa.

Ich sehe mich um, suche den Strand mit dem Blick ab.

Rut ist verschwunden. Ich dachte, sie würde auf Opa und mich warten, aber jetzt ist weit und breit keine Spur von ihr. Den Schweinswal habe ich fast schon vergessen. Weil ich nur an Rut denke.

Opa dagegen ist richtig aufgedreht. Er plappert wie noch nie zuvor. Erzählt von einem Schwertwal, den er mal irgendwo gesehen hat. Von einem Buch namens *Moby Dick*, das ich unbedingt lesen müsse, aber ich will jetzt keine Buchtipps, nicht mal von Opa. Dann erzählt er alles, was er über Schweinswale weiß, zeigt auf den Kopf und das Loch, aus dem der Blas gepustet wird. Hier unterhalb des Leuchtturms hat Opa schon einen Delfin und auch ein paar Große Tümmler gesehen, und ein Stück weiter südlich ist mal ein toter Zwergwal gestrandet.

Dann sagt Opa, dass er schnell zu Ylva will, um einen Anruf zu erledigen. Wir müssen das Naturhistorische Museum verständigen, damit die einen Meeresbiologen herschicken. Das Museum nimmt nämlich Proben von toten Robben und Walen und will über alles genauestens Bescheid wissen.

Am Abend auf der Klippe denke ich kaum noch an den Schweinswal. Ich frage mich, wo Rut steckt. Was ihr »Verdammt« bedeutet hat und warum ich nie die Worte herausbekomme, die ich sagen will.

Als ich später mit Opa in der Küche sitze, trinke ich meinen Tee ganz hastig und werfe die Würfel nur lustlos. Ich glaube, Opa merkt, dass etwas ist. Aber er ist immer noch total aufgedreht – wenn man ihn mit einem Wort wie diesem überhaupt beschreiben kann – und redet pausenlos von dem Schweinswal und dem Anruf beim Museum. Ich grummle nur ein paar kurze Antworten und stehe noch vor dem Seewetterbericht auf.

»Kein Problem«, sagt Opa. »Ich hör ihn mir allein an.«

Im Bett spüre ich immer noch Ruts Körper, als Abdruck auf meinem.

Und mit diesem Gefühl schlafe ich ein.

Aber bevor ich mich wegträume, höre ich noch das Radio in der Küche: überall Hochdruck, schwache Winde, kein Niederschlag.

Auf dem Festland brennen weiter die Wälder.

Feuerwehrmänner aus Polen und Italien rücken zur Unterstützung an.

Danach kann man nicht mehr ungestört am Boot arbeiten.

Opa und ich sind gerade auf dem Weg nach draußen. Natürlich haben wir unsere Schiffermützen auf, aber die Sonnencreme, die Mama mir mitgegeben hat, hab ich auch heute nicht angerührt. Sie faselt ständig davon: »Du weißt doch, deine Haut ist so empfindlich.«

Und dann wieder: »Liebling«.

Opa meint, auf Sonnencreme kann man pfeifen, weil jeder anständige Seemann ein bisschen rot im Gesicht ist.

Wir stehen auf der Vordertreppe und recken und strecken uns, während die Schafe neugierig zu uns rüberglotzen und mit den Kiefern mahlen.

Plötzlich sehen wir, wie sich ein Mann aufs Haus zubewegt, mit einer riesigen Tasche über der Schulter. Er sieht merkwürdig aus. Mit hohen Stiefeln, einer Mütze und einer Sonnenbrille mit großen Gläsern. Dazu schleppt er jede Menge Zeugs mit sich rum, und seine Jacken- und Hosentaschen sehen vollgestopft aus.

»Das«, flüstert Opa, »ist ein Meeresbiologe. Eine höchst sonderbare Spezies.«

Der Meeresbiologe kommt zu uns und stellt sich vor. Dann fuchtelt er mit den Armen und beschwert sich, dass wir so abgelegen wohnen.

Opa lacht nur und klingt fast ein bisschen boshaft. Wenig später stehen wir zu dritt am Strand, und plötzlich kommen mehr und mehr Leute. Sie haben vom Schweinswal gehört und davon, wer ihn entdeckt hat. Sie wollen alle mit mir sprechen.

Mit einem Mal wimmelt es nur so am Strand, und ein paar Leute sehen sich die Schnigge an und loben mich oder geben mir Tipps.

»Schleif schön weiter«, sagen sie und lachen.

»Hier brauchst du so einen speziellen Beschlag, wie heißt der noch gleich …«

»Hast du keine Karre, auf die du das Boot hieven kannst?«

Zwischen all den Menschen komme ich mir so klein vor.

Und dann steht sie plötzlich da, die Reporterin, mit Block und Kamera ausgerüstet. Sie will mit mir sprechen, weil ich den Wal entdeckt habe.

»Na ja, was heißt Wal?«, sage ich. »Besonders groß ist er ja nicht.«

Bevor sie ein Bild von mir knipst, rückt Opa meine Mütze zurecht. Ich lasse ihn machen. Dann stellt die Reporterin ihre Fragen, und ich antworte einsilbig und leise. Hoffe, dass es schnell vorbeigeht, alles wieder normal wird.

Danach kommt der Meeresbiologe und sagt, ich hätte gute Arbeit geleistet und mich vorbildlich verhalten.

»Besten Dank«, sagt er.

Dabei hab ich doch überhaupt nichts gemacht! Ich hab einfach nur vor dem Schweinswal gestanden, fremde Haare im Mund gehabt und die Wärme eines anderen Körpers gespürt.

Mehr nicht.

Als ich wach werde, ist Opa nicht da. Sonst sehe ich ihn immer als Erstes, wenn ich hinter dem Vorhang hervorspähe. Aber jetzt ist er weg. Kein Becher auf dem Tisch. Kein Feuer im Holzofen. Kein Kaffeekocher, kein Kreuzworträtsel.

Aber das Radio läuft. Den ersten Seewetterbericht muss er gehört haben.

»Opa, Opa?«, rufe ich verschlafen.

Obwohl ich weiß, dass er nicht antworten wird.

Seine Mütze hängt nicht am Haken, und seine Schuhe sind auch weg. Plötzlich wird alles in mir zu Eis. Fast den ganzen Sommer hat mein Herz am richtigen Fleck gesessen, aber jetzt verrutscht es, und alles gerät durcheinander. Irgendwas ist passiert. Zu Hause, in der Stadt. Der Sommer ist vorbei.

Ich bleibe im Flur stehen, direkt unter der Dachbodenstiege. Ich friere ein, zum ersten Mal seit Wochen. Im Laufe des Frühjahrs ist es öfter passiert. Dass ich erstarrte. Dass ich für ein paar Sekunden oder Minuten, wie soll ich sagen, verschwand. Mama schrie, dass ich aufhören solle, dass es unheimlich sei. Aber es war, als könnte ich sie nicht hören. Sie schüttelte mich, bis ich wieder erwachte, und mir war so schwindlig, dass ich mich hinlegen musste. Dann kamen die Tränen.

Nachdem es ein paarmal passiert war, klopfte Mama an meine Zimmertür, wir müssten reden. Und nachdem wir das getan hatten, meinte sie, jetzt müsse ich reden. Ich sagte, das hätten wir doch gerade, aber sie meinte, mit jemand anderem. Mit einem Seelsorger oder einer Psychologin.

Dabei waren es Mama und Papa, die hätten reden müssen. Angeblich taten sie das auch, aber ich sah ja, dass es nichts nützte.

Nur hier auf der Insel war alles gut.

Bis jetzt.

Wie stehst du denn da? Du bist ja ganz starr vor Schreck.«

Ja, hier stehe ich, als Opa die Tür aufmacht und sich in den engen Flur quetscht. Starr vor Schreck. Genau, Opa.

»Aber was ist denn passiert?«

Er legt mir seine Hände auf die Schultern.

»Guck mal, du bist auf der Titelseite!«

Er lässt mich los und wedelt mit einer Zeitung vor meinem Gesicht herum.

Im selben Moment fange ich an zu weinen.

Später setzen wir uns wie immer an den Küchentisch, aber heute rücke ich meinen Stuhl neben Opas, und er legt mir seinen schweren Arm um die Schultern.

Vorher hat er Haferbrei gekocht und mich fest umarmt. Er hat mich getröstet und gesagt, dass er mich versteht. Dass es nicht leicht ist. Aber trotzdem ist er fest überzeugt, dass alles wieder gut wird. Danach geht es mir ein bisschen besser, weil Opa keine leeren Versprechungen macht wie alle anderen, die immer so tun, als wüssten sie über alles Bescheid. Er sagt, dass es nicht leicht ist, dass man nie weiß, wo die Dinge hinführen, dass man nur hoffen kann. Glauben und hoffen. Er erzählt, dass er mit Mama und auch mit Papa gesprochen hat, und deshalb glaubt er, dass sich diesmal alles zum Guten wendet.

»Im Grunde sind deine Eltern ja ganz vernünftige Menschen«, sagt er und lächelt.

Na ja, ich weiß nicht …

Dann holt er wieder die Zeitung hervor, für die er extra zum Hafen geradelt ist, wo sie mit der ersten Fähre geliefert wird. Er hatte nicht daran gedacht, mir einen Zettel zu schreiben. Und er hatte nicht gedacht, dass ich aufwachen würde, bevor er zurück wäre. Aber dann hatte Ylva gerade am Zaun gestanden …

»Rumstehen und reden«, brummt er.

Er breitet die Zeitung auf dem Tisch auf, zeigt auf die Bilder und liest die Überschrift vor, als ob ich nicht selbst lesen könnte.

Auf der Titelseite ist ein großes Bild von dem toten Schweinswal abgedruckt. Und in dem großen Bild ein kleineres von mir. Meine roten Locken leuchten in der Sonne, und ich blinzle unter meiner Mütze hervor.

Ich finde, dass ich total bescheuert aussehe, aber Opa sagt:

»Das ist mein Käpt'n.«

Dann meckert er über den Infokasten neben dem Artikel, in dem verschiedene Fakten über Wale zusammengefasst sind. Viel zu viele Fehler, grummelt er. Typisch Journalisten, ich könne froh sein, dass sie wenigstens meinen Namen richtig geschrieben haben.

Zu nichts zu gebrauchen, diese Schmierfinken, sagt Opa. Klare Sache.

Dann fragt er, ob wir die Zeitung aufheben sollen. Vielleicht will ich das Bild irgendwo aufhängen?

Aber da schlage ich vor, dass wir sie zum Feuermachen benutzen.

Opa nickt und schleudert die Zeitung schwungvoll in den Holzkorb.

Als ich zum Strand komme, ist kein Mensch zu sehen. Die Vögel sitzen ruhig auf ihren Felsabsätzen, und niemand klettert die Klippe herunter. Vom Schweinswal ist keine Spur mehr. Wo er jetzt wohl ist? Ich sehe ihn vor mir, in einem Krankenhausbett, angeschlossen an Schläuche, voller Pflaster und mit Spritzen in den Flossen.

Eigentlich hätte man in hierlassen sollen. Er hätte bestimmt gutes Vogelfutter abgegeben. Vielleicht wäre sogar der Albatros angelockt worden. Wenn es den überhaupt gibt. Und wenn er Schweinswal frisst.

Heute wird es mindestens so heiß wie die letzten Tage. Das Meer liegt spiegelglatt da, aber noch ist die Luft schön kühl und feucht. Deshalb sollte man immer frühmorgens arbeiten, sagt Opa. Später kann man sich dann unter einen Fliederbaum legen, die Mütze über die Augen ziehen und den Vögeln lauschen.

Das mit den Vögeln behauptet er nur, ich weiß genau, dass er in Wahrheit ein Nickerchen macht. Außerdem sind bei dieser Hitze sogar die Vögel zu müde zum Singen.

In den nächsten Stunden kommen mehr Menschen als sonst vorbei. Normalerweise bin ich immer allein hier, aber die Sache mit dem Miniwal hat diesen Strandabschnitt zu einer richtigen Attraktion gemacht. Die Menschen kommen und fassen die

Steine an, auf denen er gelegen hat. Sie wollen den Ort des Geschehens mit eigenen Augen sehen.

Als ich Opa davon erzähle, regt er sich auf, was er nur tut, wenn er etwas richtig beknackt findet.

»Idioten!«, ruft er. »Als Nächstes stellt die Kommune oder dieser verteufelte Heimatverein noch so ein scheußliches Schild am Strand auf.«

Er schnaubt richtig.

Aber ich arbeite an der Schnigge weiter. Schraube eine neue Masthalterung an. Ich schwitze wie verrückt, obwohl ich kaum was anhabe. Nur ein Unterhemd. Und die Schiffermütze natürlich. Würde Mama meine knallroten Schultern sehen, würde sie ausflippen. Ab und zu gehe ich zum Wasser und tauche meinen Kopf kurz hinein.

Nicht einmal die Vögel schaffen es, sich in die Luft zu erheben. Sie hocken auf ihrer Klippe und drücken sich an den Fels. Nur der Schnulzensänger kommt angehüpft, um Hallo zu sagen und sich ein bisschen Ei zu schnorren, danach zieht er sich wieder in den Schatten zurück.

Verrückt, dass er Hühnerei frisst. Aber besser als Plastik, schätze ich.

Manchmal schaue ich mich nach ihr um. Ich werde immer ungeduldiger. Aber die einzigen Schritte, die ich höre, kommen von fremden Leuten.

Nach einer Weile gehe ich zurück zu Opa. Wir setzen uns unter den Fliederbaum, auf eine Decke im Schatten. Trinken

Rhabarbersaft und sehen zu, wie über unseren Köpfen die Mauersegler durch die Luft schießen.

»Sie verbringen ihr ganzes Leben dort oben«, erklärt Opa. »Mauersegler machen alles im Flug. Sogar schlafen und sich paaren. Wenn sie am Boden landen, schaffen sie es nicht, aus eigener Kraft wieder aufzufliegen. Sie müssen sich eine Klippe suchen, von der sie sich runterstürzen können, so wie hier.«

»Ganz anders als wir«, sage ich.

Opa schaut mich nachdenklich an.

»Ja, da hast du recht«, sagt er dann mit einem Lächeln. »Ganz anders als wir Menschen.«

Dann zieht er sich die Mütze ins Gesicht.

»Ich hau mich kurz aufs Ohr und lausche ein bisschen«, sagt er.

Und schon fängt er an zu schnarchen. Die Vögel geben keinen Piep von sich.

In der Mittwochskneipe wollen alle mit mir reden.

Vorher habe ich wie immer am Küchentisch gesessen und Opa beobachtet, wie er seinen knochigen, buckligen Körper in einer schlabbrigen Unterhose durchs Haus geschleppt und überlegt hat, was er anziehen soll.

Danach sind wir ins Dorf spaziert. Auf dem Weg haben wir nicht viel gesprochen, aber ab und zu ist Opa stehen geblieben, um zu lauschen.

»Hast du ihn gehört?«

Er meinte den Rosenfink, der im Großen Wald zwitscherte. Behauptete Opa jedenfalls, ich selbst hörte nämlich nichts.

Dabei hatte er mir genau erklärt, worauf ich horchen musste.

Laut Opa sagt der Rosenfink: *Pleased to meet you.* Schön, dich zu treffen. Auf Englisch.

In der Mittwochskneipe wollen die Leute heute nicht mit Opa quatschen, sondern mit mir. Überall auf den Tischen liegt die Zeitung mit dem Schweinswal und mir auf der Titelseite. Und alle sind ganz aufgekratzt. Aber ich kriege höchstens »Äh«, »Schon« und »Ja« heraus. Außerdem war ich doch gar nicht die Erste, die den Wal entdeckt hat. Das war Rut.

Sie sitzt in der hintersten Ecke. Wie immer. Die Arme vor der Brust verschränkt, den schwarzen Hut tief ins Gesicht gezogen. Ich versuche, mich zu ihr durchzukämpfen, aber die ganze Zeit sind mir Schwabbelbäuche im Weg, die hoch und runter wackeln, wenn ihre Besitzer lachen und Witze machen.

Und während ich versuche, mich aus dem Durcheinander aus Zeitungsgewedel und überschwappenden Biergläsern zu befreien, sehe ich, wie Rut aufspringt und Richtung Ausgang läuft. Als sie an der Menschenmenge vorbeikommt, rufe ich aus meinem Schwabbelbauchgefängnis:

»Rut!«

Doch obwohl sie mich gehört haben muss, rennt sie wortlos hinaus in den Sommerabend.

Rut verschwindet, einfach so.

Sie kommt nicht mehr zum Boot. Opa ist meistens mit mir dort. Wir kümmern uns um die letzten Kleinigkeiten, und von denen gibt es mehr als genug. Jetzt gerade bearbeiten wir das Holz mit Öl.

Es ist warm und klebrig, aber es riecht gut.

Rut sitzt nicht auf der Klippe.

Immer wieder blinzle ich zum Leuchtturm hoch und muss niesen, weil die Sonne in der Nase kitzelt.

Von Opa kommt nicht mal »Gesundheit«. So sehr ist er in die Arbeit vertieft, und dabei brummt er Seemannslieder:

Hei und ho, Jungmann Jansson, spür den frischen Morgenwind …

Obwohl es absolut windstill ist.

Nur nicht in mir drin.

Abends radle ich manchmal über die Insel.

Eigentlich ist das Rad inzwischen viel zu klein für mich, aber mir ist es egal, wie ich aussehe. Ich fahre ins Dorf runter und langsam am Inselladen vorbei, aber drinnen ist niemand zu sehen.

Dann radle ich weiter zum Hafen und spaziere die Piers auf und ab.

Danach rauf zum Leuchtturm, einmal durch den Großen

Wald, und zum Schluss spähe ich zum Badestrand auf der anderen Seite der Insel runter.

Aber Rut ist verschwunden.

Als ich nach Hause komme, sitzt Opa unterm Flieder und fragt, wo ich war. Wir müssten doch heute Abend zu Ylva, um Mama anzurufen. Und Papa, wenn ich will.

Und ich will.

Mama will natürlich wissen, wie es mit Rut ist.

»Alles super«, sage ich.

Und Papa fragt auch, war ja klar, dass Mama ihm gleich erzählt, dass ich hier eine Freundin gefunden habe. Die Nachricht des Jahrhunderts.

Eine *beste* Freundin hat Mama bestimmt gesagt. Denn offensichtlich sprechen sie ja über mich.

Ich versuche, nicht allzu wütend zu klingen, aber Papa hört, dass etwas nicht stimmt.

»Wir haben einen toten Schweinswal gefunden«, sage ich schnell.

Aber darüber weiß Papa auch schon Bescheid. Dass ich in der Zeitung war und so weiter.

Und da verliere ich so langsam die Lust am Reden. Opa übernimmt den Hörer, und ich setze mich zu Ylva in die Küche, wo es wie immer nach Angebranntem riecht.

Opa begeistert sich immer mehr für die Schnigge.

Während ich die meiste Zeit an die verschwundene Rut denke. Eine Hand in der Hosentasche vergraben, sodass ich mit dem Daumen über die Muschel streichen kann.

»Halt mal kurz!«, sagt Opa, und ich halte die Mastspitze, damit er das alte, zerschlissene Segel abziehen kann.

»Fass mal mit an!«, sagt er, und ich helfe ihm, das Boot zu verrücken, damit er mit dem Pinsel überall drankommt.

»Zieh mal!«, sagt er, und ich helfe ihm, die Wantenspanner zu justieren.

Danach wandert meine Hand sofort in die Hosentasche zurück.

Opa merkt, dass etwas nicht stimmt, das sehe ich ihm an.

»Wo hast du denn deinen Engel gelassen?«, fragt er am Abend, zwischen Tee und Pfeife und Kartenspiel.

Ich zucke bloß mit den Schultern.

»Verkracht?«, fragt er.

Ich schüttle den Kopf, denn wir sind ja nicht verkracht. Glaub ich.

»Vielleicht ist sie in die Stadt zurückgefahren«, sage ich und versuche, gleichgültig auszusehen.

»Nee, nee«, sagt Opa. »Die bleibt den ganzen Sommer hier auf der Insel. So wie du. Ich hab mich umgehört.«

Morgen, denke ich. Morgen fahre ich zum Laden und klingle. Was ist schon dabei?

Opa sitzt am Küchentisch, mit Kaffeebecher und Kreuzworträtsel. Er strahlt, als er mich sieht, und schaltet das Radio ab, aus dem Akkordeonmusik erklingt. Dann geht er zum Herd und rührt den Haferbrei um.

»Was Schönes geträumt?«, fragt er, so wie jeden Morgen, und ich sage nicht, dass ich kaum geschlafen hab, weil mir zu viel durch den Kopf geschwirrt ist. Menschen, die verschwinden. Papas, Freunde …

Meine Treffen mit Rut am Strand. Die Tage, an denen wir nebeneinandergesessen und geredet haben. Die Stunden, in denen wir still am Boot gearbeitet haben. Ihr Geruch, die Art, wie sie atmet, wie sie sich anfühlt. Jedes Mal hab ich sie im Bauch gespürt. Die glühenden, sprühenden Funken, die alles durcheinanderbringen, aber auf eine gute Art.

Ich habe an Rut gedacht, auf sie gewartet, und nicht mal ihr Rumgejammer wurde ich leid. Und jetzt ist sie einfach weg.

Als ich klein war, hatte ich einen besten Freund, Kalle. Aber dann zog er nach Arjeplog, als wir in die Dritte kamen, und seitdem habe ich keine echten Freunde mehr gehabt. Ich war immer die Seltsame, die, die am Rand steht. Papa hat immer gesagt: »Seltsam sind die anderen, du bist normal.« Aber ich weiß nicht. Ich weiß nur, dass er das aus irgendeinem alten Schlager hatte.

Er hat ständig so Zeug gefaselt. Dass ich mutig sei, obwohl ich das genaue Gegenteil bin.

»Ich find's echt cool, dass du dich traust, so bunte Klamotten zu tragen«, hat er mal gesagt und meinen braun-gelb karierten Ärmel getätschelt.

Selber saß er in Blau und Grau da und nippte an einem schwarzen Kaffee.

»Du gehst deinen eigenen Weg, das trauen sich die wenigsten.«

Dass ich still und langweilig war und keine echten Freunde hatte, niemanden, der mit zu mir nach Hause kam, dass ich nie bei jemandem übernachtete, all das stellte er immer als etwas Positives dar.

Aber ich weiß, dass er sich insgeheim Sorgen machte.

»Irgendwann findet man jemanden«, sagte er oft und verriet damit, dass er es doch wichtig fand.

Mama hat immer wieder versucht, mich für verschiedene Hobbys zu begeistern, damit ich diesen Jemand finden würde. Aber ich hab jedes Mal Nein gesagt. Nein zu Chören, Sportvereinen und Filmclubs; ich wollte nicht.

Und es war ja nicht so, dass ich überhaupt keine Freunde hatte. Vielleicht keine beste Freundin, keinen besten Freund, keine Clique, niemanden, den ich in den Sommerferien auf der Insel vermisste. Und niemanden, der gefragt hätte, ob er mal mitkommen darf.

»Alle brauchen eine beste Freundin oder einen besten

Freund«, hat Mama mal zu Papa gesagt. »Und das sollte nicht der eigene Opa sein.«

Aber vor ein paar Monaten hat sie dann aufgehört zu fragen, mit wem ich in der Schule gesprochen hab und ob es wirklich niemanden gibt, den ich mal mit nach Hause bringen will, mit dem ich mal was unternehmen könnte.

Schließlich hatte sie jetzt andere Dinge im Kopf.

Und ich hab's versucht, hab ich wirklich, es hat nur einfach nicht funktioniert. Ich hab keinen Freund und keine Freundin gefunden. Und ehrlich gesagt bin ich mir nicht mal sicher, ob ich überhaupt jemanden will.

Und dann findet man plötzlich doch jemanden – oder wird gefunden –, und vielleicht ist man immer noch seltsam, aber das ist dieser Jemand auch, nur ein bisschen anders. Und vielleicht fühlt es sich tatsächlich so an, als gehöre man zusammen. Und dann verschwindet sie, Rut.

Beim Frühstück versuche ich, mich normal zu verhalten, aber Opa merkt, dass etwas faul ist. Und ich wiederum merke, wie er mir verstohlene Blicke zuwirft. Trotzdem redet er die meiste Zeit übers Wetter. Die Hitze hält weiter an, aber Opa meint, dass es eine Entladung geben wird, mit schwarzen Wolken, Sturm, Donner und Platzregen. Er erwartet das mit Abstand schlimmste Unwetter des Jahrhunderts.

»Du wirst schon sehen«, sagt er.

Da muss ich lächeln, und ich hoffe, dass er recht hat.

»Dann suchen die Seevögel auf der Insel Unterschlupf«, erklärt Opa. »Vögel, die man sonst nie hier sieht.«

Wie immer sagt er ihre Namen auf: Eissturmvogel, Basstölpel, Albatros …

Dann fragt er, ob wir später zusammen an den Strand gehen, um nach der Schnigge zu schauen. Um zu überlegen, was noch zu tun ist. Aber ich sage, dass ich etwas Wichtiges erledigen muss, und glücklicherweise ist Opa niemand, der nachbohrt. Er zieht nur seine buschigen Augenbrauen hoch.

»Dann kümmere ich mich mal um den Garten. Bei dieser Hitze muss man jeden Tag gießen.«

Er steht einfach da, hält einen Wasserschlauch in der Hand und ist mein Opa. Winkt mir zu, umgeben von welkem Karottenkraut, während ich losradle Richtung Großer Wald, Ylva und Dorf. Ja, er steht einfach da, hält einen Wasserschlauch in der Hand und ist mein Opa.

Natürlich trage ich die Schiffermütze, und ich hab mir Opas altes Seemannshemd angezogen. Für mich ist es eher ein Kleid, mit Seemannskragen und allem Drum und Dran. Da es keine Taschen hat, liegt die Muschel zu Hause unter meinem Kopfkissen. Dabei könnte ich sie jetzt so gut gebrauchen.

Auf dem Kiesweg vorm Inselladen bremse ich scharf ab und lehne das Rad neben dem Eingang an die Wand.

Ich winke den Latzhosenmännern zu, die mit ihren Kaffeebechern auf der Bank sitzen. Auch nach so vielen Jahren kann ich sie einfach nicht auseinanderhalten. Sie sehen alle gleich aus, wenn sie mit Bier und Erdnüssen in der Mittwochskneipe sitzen. Oder wenn sie zum Hafen schlurfen und ihre Karren und Lastenmopeds mit Kisten und Zeitungsbündeln von einer gerade eingelaufenen Fähre beladen. Weiße Haare, Latzhosen. Karierte Hemden, tätowierte Arme. Nur im Umfang unterscheiden sie sich. Manche von ihnen sind dick und speckig, andere dünn und knorrig – aber einen Buckel haben sie alle.

Ich fange mit der normalen Eingangstür an, mit der zum Haus, in dem Rut und ihre Oma wohnen. Das Haus schließt direkt an den Inselladen an und ist das größte im Dorf, aber genauso weiß wie alle anderen. Als ich die Vordertreppe hochsteige, merke ich, wie mein Atem schneller wird.

Flatterndes Herz, zitternde Finger. Aber jetzt bin ich hier. Ich drücke die Klingel, fünf Mal, aber im Haus bleibt es mucksmäuschenstill. Kein Laut, keine Bewegung.

»Die sind im Laden«, höre ich die Latzhosenmänner von ihrer Bank rufen und drehe mich um.

Sie fuchteln mit den Armen und zeigen auf den Eingang.

»Im Laden«, wiederholen sie. »Probier's im Laden.«

Ich winke zum Dank und steuere langsam auf den Laden zu. Jetzt gibt's kein Zurück mehr. Immerhin hab ich jetzt Zuschauer. Und auf der Insel macht alles seine Runde. Das sagt Opa immer. »Verdammter Inselfunk«, meckert er. Und Mama sagt, sie halte es nicht aus, dass hier jeder alles über jeden weiß. Trotzdem lächelt sie und schäkert mit den Latzhosenmännern herum, wenn die sie »Kleine« nennen. Aber dann fährt sie ja mit der nächsten Fähre wieder weg, macht sich aus dem Staub und überlässt mich meinem Schicksal.

Als ich den Laden betrete, bimmelt das Glöckchen. Ruts Oma steht hinter der Kasse und schreibt etwas in einen dicken Ordner. Sie blickt auf und lächelt mir zu.

»Ah, hoher Besuch, wie schön. Was darf's denn heute sein? Wie geht's euch da oben?«

»Ja, ja«, sage ich. »Ich wollte nur etwas fragen.«

Aber dann verheddern sich die Worte in meinem Hals. Keine Ahnung, wovor ich mich fürchte. Frag einfach, versuche ich mich anzufeuern.

»Was denn?«, fragt Ruts Oma und sieht mich an, als wäre ich nicht ganz richtig im Kopf.

»Ist Rut zu Hause?«, stammle ich schließlich.

»Ja«, antwortet sie. »Der kleine Morgenmuffel. Bestimmt sitzt sie gerade erst beim Frühstück. Aber du kannst ruhig bei uns klingeln, sie macht dir bestimmt auf.«

Da spüre ich es wieder im Bauch. Rut ist auf der Insel. Sie ist hier.

Kurz darauf stehe ich wieder draußen und klingle erneut, aber wieder ohne Erfolg. Ich halte den Klingelklopf eine ganze Weile gedrückt, aber dann gebe ich auf und weiche langsam zurück, bis ich hinter einem kleinen Baum auf der anderen Straßenseite stehe.

Von dort spähe ich zum Haus rüber, und plötzlich tut sich etwas hinter einem der Fenster. Die weiße Gardine bewegt sich ein bisschen, und dann sehe ich, dass sie dahinter steht und in meine Richtung schaut. Ich winke ihr zu, aber sie reagiert nicht.

»Im Laden, haben wir doch gesagt, sie ist im Laden!«

Die Latzhosenmänner hocken auf ihrer Bank und lachen mich aus, und da schießen mir Tränen in die Augen.

Also nichts wie über die Straße, rauf aufs Rad und schnell weg von hier.

Die Latzhosenmänner rufen mir hinterher. Irgendwas von Schweinswalen, von großen Entdeckungen.

Am Großen Wald muss ich eine Pause einlegen, mich einen Moment setzen und die Tränen strömen lassen. Danach muss ich warten, dass sie trocknen. Atmen, blinzeln.

Und plötzlich höre ich den Vogel.

Was sagt er noch mal?

»Pleased to meet you.«

Der Rosenfink.

Das muss ich Opa erzählen!

DER KUSS

Wir essen unter dem Fliederbaum zu Mittag, belegte Brote und frisch geerntete Karotten, so frisch, dass die Erde zwischen den Zähnen knirscht. Opa schaut pausenlos in den Himmel, er wartet auf die Entladung.

Die Wolken werden sich am Horizont stapeln, sagt er. Sie werden sich auftürmen und den Himmel verdunkeln.

Aber nichts passiert.

Überall Blau. Und grelle Sonnenstrahlen.

Als ich aufstehe, um zur Schnigge aufzubrechen, erinnert Opa mich daran, dass wir am Abend Mama und Papa anrufen müssen. Dabei wendet er den Blick nicht eine Sekunde vom Himmel ab.

Auf dem Weg die Treppe runter halte ich auch Ausschau nach den Wolken. Es wird schön, mich mit Opa im Haus zu verschanzen, irgendwas zu spielen und dem Donner zu lauschen. Durch die offene Tür zu beobachten, wie die seltenen Seevögel um den Leuchtturm kreisen.

Aber noch ist alles wie immer. Der Strand ist menschenleer. Die Sonne sticht. Dass Rut kommt, hoffe ich gar nicht mehr.

Also ran an die Arbeit.

Heute will ich die Leinen mit den neuen Beschlägen verknoten. Opa hat mir gezeigt, wie das geht. Einen ganzen Abend lang haben wir alle möglichen Knotenarten geübt: Palstek,

Webleinstek, Kreuzknoten. Opa mit seinen steifen Fingern: schnell und geschickt. Ich mit meinen gelenkigen: langsam und unbeholfen.

»Na, wenn das nicht mal unsere große Heldin ist!«

Sie steht hinter mir und schreit fast, ihre dünne Stimme zittert vor Wut. Ihr schwarzes Hemd und ihre Haare flattern im Wind, und sie bewegt sich langsam und bedrohlich auf mich zu.

»Was?«, frage ich leise und spüre, wie mein Herz hämmert.

»Unser kleiner Inselstar.«

»Was ist los? Und wo warst du die ganze Zeit?«

»Wie konntest du nur?«, faucht sie.

»Was denn? Was hab ich gemacht?«

Ich hab echt keinen Schimmer, was sie meint.

»Du warst in der Zeitung, als ›die Entdeckerin‹. Du hast Interviews gegeben, als wärst du irgendeine berühmte Abenteurerin oder Expertin. Und mich hast du nicht einmal erwähnt. Wer von uns beiden hat denn diese beknackte Robbe entdeckt?«

»Den Schweinswal«, korrigiere ich.

»Klugscheißerin! Verdammter Wikipedia-Nerd.«

Aus ihrem Mund fliegt Speichel. Sie faucht und schreit, immer abwechselnd. So wütend habe ich schon lange niemanden mehr gesehen. Sie sieht aus, als würde sie sich am liebsten auf mich stürzen und mir eine klatschen. Ich weiche zum Boot zurück.

»Aber … die waren plötzlich da und wollten mit mir reden.

Ich hab nur ihre Fragen beantwortet. Ich hab dich ja gesucht, aber du bist einfach verschwunden.

»*Ich* hatte ihn entdeckt. *Ich* hätte in die Zeitung kommen sollen. *Ich* hätte Interviews im Fernsehen geben müssen! *Ich* hätte allen zeigen sollen, wo das Ding liegt. *Mir* hätten alle gratulieren müssen, sie hätten mit *mir* reden sollen. Aber du hast einfach dagestanden und dich als große Heldin feiern lassen.«

Ich versuche, ihr zu erklären, dass mir das alles nichts bedeutet, dass es einfach so passiert ist. Dass sie verschwunden war, als ich mit Opa an den Strand zurückkam, und dass dann alles seinen Lauf nahm, obwohl Opa und ich doch am liebsten für uns bleiben. Dass ich sie gesucht hab und dass sie mir aus dem Weg gegangen ist. Dass ich keine Ahnung hatte, dass sie gern in die Zeitung kommen und von weißhaarigen Latzhosenmännern belagert werden will, weil ich mir das nie gewünscht habe.

»Natürlich hast du das gewusst!«

Sie weint fast.

»Aber man wird doch nicht berühmt, nur weil man einen Schweinswal findet und in die Lokalzeitung kommt«, sage ich.

Aber wie sich herausstellt, hat Rut im Internet noch weitere Bilder und Artikel gefunden, in größeren Zeitungen. Ich habe nicht mal gewusst, dass hier draußen jemand Empfang hat.

»Landesweit«, flüstert sie.

»Tut mir leid«, sage ich leise und gehe langsam auf sie zu. Sie steht reglos da, ins Gesicht hängende Haare, tränennasse Wangen.

»Tut mir leid, tut mir leid, tut mir leid …«

Und noch bevor sie protestieren oder mich wegschubsen kann, lege ich meine Arme um sie, halte sie fest und streiche ihr über den Kopf. Mein Seemannshemd wird an der Schulter feucht von ihren Tränen.

Das war alles so verdammt ungerecht«, flüstert Rut.

Und ich sage, dass ich dumm war, dass ich an sie hätte denken müssen. Ich mit meinen quietschbunten Hemden und flammenden Haaren will doch nur unsichtbar sein. Und sie mit ihren schwarzen Hemden und ins Gesicht hängenden Haaren wünscht sich nichts mehr, als gesehen zu werden.

»Tut mir leid«, wiederhole ich, immer und immer wieder. Bis ich gar nicht mehr weiß, wofür ich mich entschuldige.

»Wir sind so verdammt verschieden«, sagt sie.

»Ich weiß«, sage ich und streiche ihr durchs Haar.

Dass ich mich das traue … aber es passiert einfach.

Wir sitzen wieder im Schatten des Boots, Rut schluchzt leise.

»So verdammt verschieden«, wiederholt sie. »Ich wäre viel lieber wie du.«

»Was? Wie ich? Wieso?«

Das ist doch irre!

»Bei dir wirkt das so einfach. Immer sagen alle: ›Sei du selbst!‹, aber außer dir kenne ich niemanden, der das wirklich ist.«

Ich muss einen Moment nachdenken.

»Aber«, sage ich dann, »wärst du wie ich, wärst du nicht mehr du selbst.«

Da sieht sie mich an. Mit Tränenspuren auf den Wangen. Sie lächelt.

»Aber wer zum Teufel bin ich?«

Und plötzlich müssen wir so sehr lachen, dass schon wieder die Tränen kommen.

Danach vergleichen wir. Mit dem Ergebnis, dass man nie so richtig zufrieden ist. Dass man immer neidisch auf andere ist. Immer findet man sich selbst am hässlichsten, am seltsamsten, um unsichersten.

Ich mache ein paar Vorschläge, womit sie berühmt werden könnte.

»Du könntest Bergsteigerin werden.«

»Ali und Astrid sind jetzt schon tausend Mal besser als ich.«

»Entdeckungsreisende.«

»Hast du vergessen, dass ich das Meer hasse?«

»Du könntest zum *Supertalent* gehen.«

»Dein Ernst? Nur über meine Leiche. Außerdem: mit welchem Talent?«

»Selbstmordattentäterin?«

»Nee, eher nicht.«

»Okay. Wir zwei könnten die Ersten sein, die mit einer Schnigge die Welt umsegeln.«

Sie lacht nur.

Und da fällt mir auf, dass sie etwas in der Hand hält. Dass ihr Daumen über etwas Weißes streicht. Sie sieht mich an.

»Hast du deine auch noch?«, fragt sie.

Ich nicke.

Plötzlich dreht sie sich zu mir und kommt mit ihrem Gesicht

so nah, dass ihr warmer Atem mein Kinn streift. Ich kann gerade noch denken, dass sie merkwürdig riecht, ein bisschen nach Zahnarzt, dann treffen ihre Lippen auf meine, und sie legt mir eine Hand in den Nacken. Ich kann die Muschel dort spüren, wie sie sich in meine Haut gräbt. Ihre Lippen sind unerwartet kalt, aber so weich. Meine Nase an ihrer Wange …

»… Vinga! Vinga!«

Hastig reiße ich mich los und stehe auf.

»Hallo, Opa!«, rufe ich unnatürlich laut, um Rut ein Zeichen zu geben.

Mein Herz klopft. So fest, dass man es bestimmt durch mein Hemd sieht.

Dann stehen Rut und ich nebeneinander an der Schnigge. Ich komme mir zerknautscht vor, als wären meine Haare noch verwuschelter als sonst. Ob man etwas auf meinen Lippen sieht? Sie pochen und fühlen sich warm an. Ich tue so, als würde ich am Heck einen Knoten machen, als Opa auf der anderen Seite stehen bleibt.

»Aaaah, der Engel ist zurück«, sagt er lächelnd.

Dann sieht er zu mir.

»Wir müssen los und in der Stadt anrufen«, sagt er.

Keine Ahnung, warum er's so eilig hat.

»Ich muss hier nur kurz was fertig machen«, sage ich und zeige aufs Boot.

Ich will noch nicht weg. Ich will hierbleiben, bei ihr. Für immer.

Aber da sieht Opa mich durchdringend an. Seine Augen werden ganz dunkel.

»Jetzt, Vinga«, sagt er. »Deine Mutter hat angerufen. Wir müssen sofort zu Ylva.«

PAPA

Opa sprintet vor mir die Treppe hoch. Riesenschritte in Sandalen. Ich muss mich beeilen, um mit meinen kleinen Schritten mitzuhalten. Ich rufe zu ihm hoch, frage, was los ist, aber er scheint mich nicht zu hören. Er nimmt drei Stufen auf einmal.

»Komm schon!«, höre ich von oben.

Da bleibe ich stehen und schaue zum Strand runter. Da unten steht sie, flatternd, wie ein Schatten.

Rut sieht so klein aus wie eine Ameise, aber ich sehe, dass sie zu mir hochschaut. Sie winkt mir zu und lächelt. Und da mache ich das Gleiche, winke ihr zu und lächle. Und in dem Moment ist es, als wären wir miteinander verbunden.

Aber trotzdem die Zweifel.

Was, wenn es nichts zu bedeuten hat.

Wenn sie es nicht ernst gemeint hat.

Wenn sie es nur mal ausprobieren wollte.

Wenn sie mir was vorgemacht hat.

Was, wenn sie verschwindet. Schon wieder.

»Kommst du, Vinga?« Opa steht auf der obersten Stufe. Er hält seine Mütze in der Hand und wischt sich über die schweißnasse Stirn. Seine grauweißen Haare stehen wild vom Kopf ab.

Ich schaue ein letztes Mal zu ihr. Sehe, wie einsam sie ist. Dort unten, wo ich jetzt viel lieber wäre.

Dann laufe ich schnell zu Opa, und wir gehen schweigend zu Ylva. Wenn die Vögel jetzt singen, hören wir sie nicht. Wenn der Albatros über dem Leuchtturm kreist, sehen wir ihn nicht. Es gibt nur den Schotterweg und unsere schnellen Schritte. Unsere Atemzüge und unser Schweigen.

Die Wärme in meinen Lippen. Die Erinnerung in meinem Körper.

Als wir den Hof erreichen, steuern wir ohne Umschweife aufs Haus zu. Ylva begrüßt uns auf der Vordertreppe, sie sieht fröhlich aus, obwohl das gerade überhaupt nicht passt.

Erst da vergesse ich Rut. In dem Moment, als ich ein Stechen im Bauch spüre. Als mein Herz verrutscht.

»Meine Kleine«, fängt Mama an.

»Hör auf!«

»Du musst herkommen.«

Meine Augen füllen sich mit Tränen. Ich will nicht.

»Ach, es tut mir so leid, Liebling« – jetzt ertappt sie sich selbst –, »nein, nicht *Liebling*. Ich meine … hier ist alles okay, aber du musst trotzdem nach Hause kommen.«

»Was ist passiert?«, presse ich hervor. In meiner Brust hämmert die Angst.

»Na ja, es ist nur so … also … du hast jetzt einen kleinen Bruder.«

»Scheiße.«

»Du hast einen kleinen Bruder bekommen. Einen kleinen süßen Bruder, der dich kennenlernen möchte.«

Die Tränen strömen mir übers Gesicht. Da ist nicht der leiseste Hauch eines Glücksgefühls in mir. Ich weiß, dass Mama ihr Bestes gibt. Dass man sich über Geschwister freuen sollte, aber ist das wirklich mein Bruder?

Es fühlt sich an, als hätten die Tränen die ganze Zeit draußen auf dem Meer gewartet, als würden sie jetzt als Dünung auf die Insel zurollen. Als hätte die Außenwelt mit ihren Waldbränden und Schulen und anderen Katastrophen das Meer überquert, um hier alles kaputt zu machen. Ich wusste, dass es passieren würde, dass sich ein Unwetter zusammenbraute, in einem Bauch auf der anderen Seite des Meers.

Aber es war so weit weg, woanders. Jetzt ist es hier.

Ich will keine Geschwister. Kein neues Zimmer, keine neue Klasse, keine neue Familie.

Ich will Papa. Und Mama. Und meine Ruhe.

Ich höre, dass Mama sich anstrengt, dass sie versucht, glücklich zu klingen, aber das tut sie nicht. Nicht wirklich.

Und dann erzählt sie – zum mindestens tausendsten Mal – die Geschichte, wie sehr ich mir früher Geschwister gewünscht habe.

»Und warum habt ihr mir damals keine gemacht, wenn du das jetzt so toll findest? Ich will nicht nach Hause. Ich kann nicht.«

»Ach, Kleine, ich weiß.«

Dann wird es still. Mama weint auch.

Es ist, als würde in meinem Hals eine Murmel stecken, die die Wörter blockiert. Ich reiche den Hörer an Opa weiter und setze mich auf den Boden.

Über mir höre ich Opas brummige Stimme, und ich sehe seine schwarzen Augen. Seine buschigen Augenbrauen hängen traurig herunter, obwohl er versucht, mir zuzulächeln. Er sieht gar nicht mehr wie er selbst aus. Zu alt und ernst. Zu bedrückt und müde.

Ich sitze da und denke an diesen kleinen neuen Menschen. Er tut mir leid, weil er einfach zur Welt gekommen ist. Völlig ahnungslos, ohne dass ihn vorher jemand gefragt hat. Er ist einfach so geboren worden, und jetzt will ihn niemand haben. Aber dann fällt mir Angelica ein. Ich sehe sie vor mir, wie sie vor lauter Glück strahlt und ekelhaftes Zeug in ihrer widerlichen Babysprache sagt.

Aber kurz bevor ich anfange, mir zu wünschen, dass sie höllische Schmerzen hatte, als sie den Kleinen aus sich herauspressen musste, beugt sich Opa zu mir herunter.

»Deine Mutter will sich von dir verabschieden«, sagt er und reicht mir den Hörer.

Ich atme nur. Der Hörer ist warm und knistert.

»Tschüss, Kleine. Wir sehen uns ganz bald. Opa begleitet dich.«

»Hab dich lieb«, sage ich.

Mehr bekomme ich nicht heraus. Mehr Wörter können sich nicht an der Murmel vorbeidrücken.

»Ich dich auch. Für immer«, flüstert Mama, ehe wir auflegen.

Dann schaue ich Opa fragend an.

Er nickt.

»Ja, ich komme mit dir. Dann wollen wir mal nach Hause und packen. Wir nehmen die letzte Fähre.«

Auf dem Heimweg spüre ich, dass mein Herz verrutscht ist. Obwohl ich barfuß bin, habe ich Steine im Schuh, und ich vermute mal, Opa hat welche in seinen Sandalen. Er geht neben mir her und schaut starr geradeaus. Er sagt nichts, aber ich merke ihm seine Nervosität an.

Ein normaler Opa würde es wenigstens versuchen. Ein normaler Opa würde mir jetzt auf den Rücken klopfen und sagen: »Herzlichen Glückwunsch«, oder: »Ein kleiner Bruder, wie toll.« Aber mein Opa ist anders.

Also gehen wir einfach nebeneinanderher, zwei kleine Gewitterwolken unter der sengenden Sonne.

Ich schaue in den Himmel, zu den Mauerseglern, die dort herumschwirren. Höre ihre dünnen Schreie. Nehme die trockene Hitze und den Modergeruch des unbewegten Meers wahr. Weit und breit keine Wolke.

»Dieses Unwetter …«, sage ich.

»Das kommt«, sagt Opa nur und starrt weiter geradeaus. Mit leeren Augen. Er klingt so ernst, als er das sagt.

»Es kommt. Jeden Moment.«

Ich überlege, warum Papa nicht selber angerufen hat, und da sehe ich Mama vor mir, einsam, bei uns zu Hause.

Sie will, dass ich komme.

Sie braucht mich.

Opa muss auf den Dachboden, um seinen Koffer zu holen.

»Hätte nicht gedacht, dass ich das olle Ding noch mal brauche«, sagt er und hält einen uralt aussehenden karierten Koffer mit Lederriemen hoch. Eine Seite ist voll mit Aufklebern: Valparaíso, Gran Canaria, Rio de Janeiro, Los Angeles, London, Rhodos, Cap Verde. Namen, aufgeladen mit Abenteuer und Freiheit.

Ich lache.

»Nicht gerade der neueste Schrei«, sage ich.

Aber Opa verzieht keine Miene. Keine hochgezogenen Augenbrauen und kein geheimniskrämerisches Lächeln in den Mundwinkeln.

Während wir packen, sagen wir kein Wort. Ich schnappe mir meinen Seesack, aber da fällt mir ein, dass ich gar nicht viel mitnehmen muss. Schließlich hab ich genug Klamotten in der Stadt. Und bald bin ich wieder hier. Ein kurzer Abstecher zum Festland, und danach ist alles wie immer. Daran muss ich glauben.

Als ich mich umdrehe, sehe ich, dass Opa in seinen Sonntagsanzug geschlüpft ist.

»Landgangklamotten«, murmelt er, als er meine fragende Miene bemerkt.

Sogar den Schlips hat er sich umgebunden, und vor dem Seewetterbericht kämmt er sich mit einem Stahlkamm – den ich noch nie zuvor gesehen habe! –, bis seine Haare platt am Kopf anliegen.

»Landgangfrisur«, sage ich, denn irgendwas muss man ja sagen.

Im Seewetterbericht wird weder von einem Unwetter noch von einer Entladung berichtet. Nur von Hochdruck. Von Sonnenschein und schwachen Winden.

»Es kommt«, wiederholt Opa und schaltet das Radio aus. Dann holt er zwei Südwester, einen gelben für mich, einen grauen für sich, und legt sein Ölzeug über den Arm, das mehr nach Opa riecht als alles andere auf der Welt, und so gehen wir raus in den strahlenden Sonnenschein.

Zum allerersten Mal sehe ich, wie Opa die Haustür abschließt. Mit einem riesigen Schlüssel. Als er den an einen Haken neben der Tür hängt, verkneife ich mir einen Kommentar über die Sinnlosigkeit dieser Aktion. Stattdessen helfe ich, die Fensterläden zu schließen.

Es sieht aus, als würde das Haus jetzt schlafen.

Ylva holt uns mit ihrem Quad ab, und wir klettern auf die Ladefläche dahinter. Als ich Opa mit angezogenen Beinen neben mir sitzen sehe, denke ich, dass sein Sonntagsanzug gleich schmutzig wird. Um uns herum wirbelt Staub auf, und die Welt scheint zu wackeln. Opa presst seinen Koffer an sich und wirkt schrecklich nervös. Seine Brauen hängen herunter, und sein Blick ist finster. Er schweigt.

Was er wohl eingepackt hat? Und warum sollte er mich begleiten? Ich bin schon öfter allein mit der Fähre gefahren. Mama muss ihn darum gebeten haben. Sie will, dass er mitkommt. Ob sie ihn auch bei sich haben möchte?

Aber tief drinnen ist es ein gutes Gefühl, dass Opa mitkommt. Wenn er nur nicht so verdammt nervös wäre.

Ich weiß, dass er die Insel nicht verlassen will.

»Wann warst du eigentlich das letzte Mal in der Stadt, Opa?«

Er hört mich nicht, obwohl ich schreie. Tja, dann müssen wir wohl wieder die Klappe halten.

Ylva brettert den Schotterweg runter, in meinem Bauch kitzelt und kribbelt es, und gleichzeitig fühlt sich alles bleiern und schwer an.

Im Dorf halte ich nach Rut Ausschau. Aber ich sehe nur alte Männer. Latzhosen und Lastenmopeds. Zeitungsstapel und Getränkekisten.

Als wir an ihrem Haus vorbeikommen, blinzle ich zu dem Fenster rauf, das ihrs sein müsste: nichts. Dafür späht ihre Oma aus der Tür zum Inselladen und beobachtet neugierig die Straße. Bestimmt will sie wissen, wer mit der Fähre ankommt. Und wer wegfährt.

Und dann denke ich daran, was vor ein paar Stunden passiert ist. Unten am Strand. Der Kuss.

Denn es war ein Kuss.

Ich kann mich nicht täuschen.

Keine Ahnung, wie es passiert ist, es kommt mir vor, als wäre es schon viele Tage her. Als würde die Erinnerung verblassen. Aber ich spüre es noch auf den Lippen. Die Kälte, die Wärme. Das Weiche. Den Zahnarztgeschmack.

In dem Moment hat es sich überhaupt nicht komisch angefühlt. Nur jetzt ist es das Seltsamste, das mir je passiert ist.

Plötzlich bremst Ylva ab. So abrupt, dass Opa und ich kurz in die Luft gefedert werden. Er hält immer noch seinen Koffer umklammert.

»Endstation«, sagt Ylva. »Wir haben's gerade noch geschafft.«

Sie hilft Opa von der Ladefläche. Ich nehme ihm den Koffer ab und frage, warum er so viel eingepackt hat. Er kann doch schon morgen wieder zurück nach Hause.

Da gleitet sein Blick über den Himmel zum Horizont und dann zu mir.

»Man kann nie wissen«, sagt er. »Wenn man einmal aufgebrochen ist, weiß man nie, wann man zurückkommt.«

Dann zieht er mich ein paar Schritte zur Seite, bis hinter den Bäumen der Leuchtturm sichtbar wird. Er stupst mich an und zeigt in die Richtung.

»Da!«, sagt er. »Was hab ich gesagt? Da kommt es.«

Ich schaue zum Leuchtturm, kann aber nichts Außergewöhnliches erkennen. Nur klarblauen Himmel. Mauersegler, die durch die Luft schießen. Die brennende Sonne darüber.

»Was denn?«

»Na, guck doch!«, sagt er.

Also gucke ich. Und da sehe ich ihn.

Einen großen weißen Vogel, der ein paar Kreise über dem Leuchtturm zieht. Er schlägt nur ab und zu mit den riesigen dunklen Flügeln, geht allmählich in den Sinkflug über und landet schließlich auf der Brüstung der Aussichtsplattform.

»Der Albatros«, sagt Opa. »Jetzt kommt die Entladung.«

Mit seinem karierten Koffer in der einen und mit mir an der anderen Hand steigt Opa an Bord. Der Kapitän kommt von der Brücke herunter und steuert schnurstracks auf Opa zu. Er schüttelt Opa die Hand und fragt, ob etwas passiert ist.

»Bist du krank? Du verlässt doch nicht etwa freiwillig die Insel?«

»Zehn Jahre«, murmelt Opa nur.

Ich brauche einen Moment, um zu verstehen, dass das die Antwort auf meine Frage von vorhin ist.

»Zehn Jahre seit dem letzten Landgang«, sagt Opa.

»Na, dann wird's aber höchste Zeit«, lacht der Kapitän.

Er ist groß und dick und trägt ein mit Goldverzierungen besticktes Jackett. Ich vermute mal, er soll elegant und wichtig aussehen, aber seine Sachen sind verknittert und voller Flecken, sein Schlips hängt auf halb acht, und aus dem Kragen quellen krisselige schwarze Haare. Sein Bart ist wild und verwuschelt, und seine Mütze sitzt schief.

Opa schaut das goldbestickte Dickerchen nur unglücklich an. Dann deutet er zum Horizont und erklärt, dass ein Unwetter im Anmarsch ist.

»An deiner Stelle würde ich schnell die Leinen losmachen«, sagt Opa.

Der Kapitän lacht wieder.

»Ein Unwetter? Vielleicht bist du doch ein bisschen krank.«

Dann gibt er einen brummenden Laut von sich und zeigt auf das spiegelglatte Wasser.

Da zieht Opa mich an ihm vorbei, aber ich höre den Kapitän noch lange hinter uns lachen.

Opa will sich reinsetzen, aber ich bleibe draußen an Deck. Ich sehe, wie die Insel immer kleiner und kleiner wird, während das Kielwasser schäumt und spritzt. Ich schaue zum Leuchtturm – aber vom Albatros keine Spur. War er es wirklich? War er tatsächlich da? Oder hab ich ihn mir nur eingebildet?

Am Hafen wimmelt es jetzt nur so von Latzhosenmännern, die ihre Quads und Lastenmopeds und Traktoren beladen. Sie bringen die Sommergäste zu ihren Ferienhäuschen. Lebensmittel zum Inselladen. Werkzeuge zu den Fischern und Bauern.

Plötzlich sehe ich, wie etwas Schwarzes, Flatterndes auf die Seebrücke rennt. Die Menschen drehen sich nach ihr um. Ich habe sie noch nie so schnell gesehen. Sie rennt, als hätte sie vor, nie wieder stehen zu bleiben. Als würde sie sich noch im Laufen die Kleider runterreißen, ins Meer springen und der Fähre hinterherschwimmen.

Was sie natürlich nicht macht.

Stattdessen legt sie eine Art Vollbremsung hin, schlittert wie eine Zeichentrickfigur bis ans Ende der Seebrücke, kommt zum Stehen, schnappt nach Luft und sieht uns nach. Ich winke ihr zu.

Aber sie rührt sich nicht und schaut nur, wird immer kleiner und verschwindet schließlich, als die Fähre die Landzunge umrundet. Jetzt sehe ich nur noch den Steinstrand. Und die Schnigge. Rut hat eine Plane darüberlegt, so wie Opa und ich das immer machen. Ich glaube, sie hat sie sogar mit ein paar Steinen beschwert.

Die Fähre entfernt sich immer weiter von der Insel. Alles wird kleiner. Ich erkenne die Klippe, den Leuchtturm, ein Stückchen Strand. Aber das war's. Weder die Treppe noch das Dach von Opas Haus sind zu sehen. Keine Vögel. Und dann ist die Insel nur noch ein kleiner Felsen am Horizont.

In dem Moment streift mich der erste Windhauch. Er ist so kühl, dass ich zusammenzucke.

Das Wasser kräuselt sich, und es gibt sogar ein paar kleine Wellen. Dann sehe ich sie am Horizont.

Die Wolken.

Große blaugraue, fast lilafarbene Wolken, als würde aus der Horizontlinie eine Rauchsäule aufsteigen. Sie sehen so sauber aus. Wie frisch geputzt. Fast könnte man meinen, der Himmel hätte große blaue Flecken bekommen.

Die Wolken bewegen sich langsam, wie in Zeitlupe, aber ich kann sehen, dass sie größer werden. Dass sie leben.

Und näher kommen.

Wir steuern geradewegs auf sie zu.

Als ich zu Opa reingehe, sieht er plötzlich richtig zufrieden aus. Seine Augenbrauen sind nach oben gewandert und seine leuchtenden Augen auf den Horizont gerichtet. Er lächelt.

»Hab ich's nicht gesagt!?«

Er sieht mich nicht an. Schließlich muss er den Himmel im Blick behalten. Er zeigt auf die Vögel, die Richtung Insel ziehen, auf der Suche nach einem Unterschlupf. Er sagt ihre Namen auf: Samtente, Lummen, Alkenvogel. Und er fragt, ob ich schon mal einen Eissturmvogel gesehen habe. Oder einen Basstölpel.

Ich schüttle den Kopf.

Da erzählt Opa mir, dass er mal Bekanntschaft mit einem Basstölpel gemacht hat, der jedes Jahr an dieselbe Stelle zurückkehrte. Plötzlich saß er am Ende eines Stegs, wo Opa immer sein Boot vertäute. Auf Bornholm war das, und der Basstölpel und Opa wurden richtig gute Freunde. Der Vogel sah Opa immer auf eine ganz besondere Weise an. Als würde er ihn wiedererkennen und ihm sogar zulächeln. Wenn Opa den Steg betrat, legte der Basstölpel den Kopf schief und öffnete den spitzen Schnabel, als wollte er Opa begrüßen.

»Lustig sehen sie aus, die Tölpel«, sagt Opa, und ich merke an seinem Blick, dass er mit den Gedanken weit, weit weg ist.

Natürlich muss ich sofort an den Schnulzensänger denken. Hoffentlich geht Rut manchmal zum Boot. Hoffentlich setzt sie sich ein Weilchen dort hin und unterhält sich mit ihm. Mit dem Schnulzensänger an der Schnigge. Und hoffentlich vermisst sie mich. Wenigstens ein klitzekleines bisschen.

»Und dann war er plötzlich verschwunden …«

Ich vermute mal, Opa redet immer noch von dem Vogel.

Gerade als ich fragen will, wie es weiterging, ertönt ein gewaltiger Knall, und die Fähre wird erschüttert. Ich muss mich an Opa festhalten.

Der karierte Koffer, den Opa inzwischen abgestellt hat, fällt um, schlittert ein paar Meter weiter und kracht mit einem heftig hechelnden schwarzen Hund zusammen. Er fängt an zu kläffen, und ein kleiner Junge purzelt von seinem Sitz. Die Tür zum Deck fliegt auf, und die Passagiere, die draußen waren, stürmen in den Innenbereich.

Plötzlich peitscht Regen gegen die Fenster – oder die Ventile, wie Opa sie nennt –, und die Wellen werden von Sekunde zu Sekunde höher. Ich kämpfe mich zu dem Hund durch, um Opas Koffer zu holen. Bei jedem Schritt drohe ich hinzufallen. So heftig schaukelt die Fähre. Hin und her, hin und her.

Dann werden die Schaukelbewegungen langsamer, dafür intensiver. Aus den kleinen unregelmäßigen Erschütterungen wird ein geballter Rhythmus. Ich spüre mein Herz in der Brust. Wie es hämmert. In einem schnellen Takt, vorbei an den wuchtigen Schaukelbewegungen der Fähre. Immer wieder muss ich schlucken, weil mein Mund so komisch trocken ist.

Als ich zu Opa zurückkomme, lächelt er. Er strahlt vor Glück!

Ich setze mich neben ihn, und da sieht er mich mit glänzenden Augen an und nickt, nickt, nickt.

Ich schaue zur Insel. Ein leuchtender Fels am Horizont. Da hinten scheint immer noch die Sonne. Aber die dunklen Wolken arbeiten sich über das Meer heran, und schon ist auch die Insel eingehüllt.

Alles wird grau vor den Fenstern. Fast schwarz. Es ist nicht mal mehr das Wasser zu sehen. Oder besser gesagt: Man sieht nur noch Wasser. Regen, Regen, Regen. Es spritzt hoch, bis über die Fenster. Und die Wellen spülen über Deck.

Aus den Lautsprechern ertönt eine Stimme. Der Kapitän. Niemand habe mit diesem Unwetter gerechnet, erklärt er. Doch nach einer kleinen Pause fügt er hinzu: »Na ja … bis auf einen.« Dann sagt er, dass sämtliche Türen geschlossen bleiben müssen. Dass keine Gefahr besteht. Dass er schon weit Schlimmeres erlebt hat. Trotzdem, niemand darf nach draußen gehen oder die Türen öffnen. Wir sollen sitzen bleiben, uns vielleicht irgendwo festhalten, während er dafür sorgt, dass wir sicher an Land kommen.

Aber seine Stimme klingt ein bisschen nervös.

Opa prustet los.

»Jetzt hat er da oben nichts mehr zu lachen«, sagt er laut.

Ich merke, wie die Leute zu uns herüberschauen. Ängstlich. Aber ich werde später mal Seemann. Ich kann mir jetzt keine Angst erlauben.

Ich muss wie Opa sein. Ein Seemann blüht in so einer Situation erst richtig auf. Aber wie wird man so? Ich versuche mit aller Kraft, meine Angst zu verscheuchen, aber sie schnürt mir fast den Hals zu.

Ich schiele zu dem Schild mit den Verhaltensregeln bei Notfällen hoch, ganz vorsichtig, damit Opa nichts mitkriegt. Versuche herauszufinden, wo sich das Rettungsboot befindet, wie man es zu Wasser lässt – und dann fallen mir die Rettungswesten ein. Langsam taste ich mit einer Hand die Unterseite der Holzbank ab. Da ist etwas. Etwas Hartes, Stoffartiges.

Aber wie legt man so eine Weste an? Wie lange kann man im Wasser überleben? Was, wenn ich ertrinke? Was, wenn Opa ertrinkt? In seinem Sonntagsanzug. Scheiße!

Und Mama? Was ist mit ihr, wenn Opa und ich jetzt sterben?

Das Boot schaukelt weiter. Es klatscht und kracht und tost, Wellen schwappen über die Reling und spülen das Deck blitzblank.

Auf der anderen Gangseite schleppt sich jemand vornübergebeugt und nach Halt tastend in Richtung Toilette. Jemand anders springt auf und kotzt in einen Papierkorb, sofort breitet sich ein säuerlicher Geruch aus. Die übrigen Passagiere seufzen und stöhnen. Der Junge, der vorhin von der Bank gefallen ist, sitzt jetzt bei seinem Papa auf dem Schoß und schreit. Niemand sagt etwas. Nur der Papa versucht sein Kind zu beruhigen, obwohl ihm selbst die Panik ins Gesicht geschrieben steht.

Dann ein Krachen. Und eine weitere Lautsprecherdurchsage:

»Hier spricht noch mal Ihr Kapitän. Es gibt da ein kleines Problem mit einem unserer Ruder, aber wir haben die Situation unter Kontrolle. Sie können sicher sein, dass das Schiffspersonal über reichlich Erfahrung verfügt und schon bedeutend brenzligere Situationen gemeistert hat. Aus Sicherheitsgründen müssen wir jedoch die Geschwindigkeit drosseln. Bleiben Sie bitte sitzen und halten Sie sich gegebenenfalls fest, während wir Sie sicher an Land bringen.«

Ich versuche zu schlucken, aber es geht nicht. Opa sieht mich an.

»Keine Sorge, Käpt'n. Das ist noch gar nichts. Wie gesagt:

Hab schon Schlimmeres mitgemacht. Und das wirst du auch. Wir sind hier nicht an Bord der Brigg Bluebird.«

Er lacht.

»Aber was passiert denn jetzt? Wir sinken doch gleich!«

Ich flüstere ängstlich, aber Opa strahlt weiter wie ein Kind an Weihnachten.

»Das ist nur der Anfang«, sagt er. »Gleich kommt sie, die Entladung.«

Und prompt grollt der erste Donner.

»Na, ich glaube, die da oben brauchen ein bisschen Hilfe. Kommst du mit, Käpt'n? Jetzt bringen wir den alten Kutter in den Hafen!«

Die Brigg Bluebird. *Dazu verdammt, ein Wrack zu werden.*

Zutritt nur für Personal.

Ohne Zögern klettert Opa über die Absperrung und steigt die steile Treppe zum Ruderhaus hinauf. Nach ein paar Stufen dreht er sich zu mir um. Ich stehe wie angewurzelt da und klammere mich ans Geländer. Mir ist flau im Magen, aber das versuche ich auszublenden. Trotzdem ertappe ich mich dabei, wie ich vorsorglich nach geeigneten Ecken zum Kotzen Ausschau halte. Vor der Toilette hat sich eine lange Schlange gebildet. Fahle, leere Gesichter in einer Reihe. Aus den Abfalleimern trieft Erbrochenes. Es riecht nach Öl und Mageninhalt.

»Komm schon!«, ruft Opa von der obersten Stufe.

»Kriech einfach unter der Absperrung durch. Von solchen lächerlichen Schildern lässt sich doch kein Seemann abschrecken. Aber halt dich fest!«

Dann reißt er die Tür zum Ruderhaus auf, an der ein weiteres Schild angebracht ist:

Zutritt für Unbefugte verboten.

»Unbefugte«, schnaubt Opa, und ich klettere ihm schnell hinterher.

Im Ruderhaus ist ein leises, gleichmäßiges Brummen zu hören. Der Boden ist mit einem dicken, weichen Teppich ausgelegt. An den Wänden hängen große eingerahmte Seekarten, und es gibt Fenster nach allen Seiten. Draußen ist alles grau. Man kann keinen Meter weit sehen.

Als Opa hineinstürmt, reißt der Kapitän den Kopf herum, die Hände weiterhin am Steuer.

»Du!«, sagt er nur. »Na, komm rein. Aber eigentlich darfst du nicht hier sein.«

Opa sieht ihn lächelnd an.

»Nicht?«

»Wie auch immer. Kommt rein. Und macht die Tür hinter euch zu.«

Der Kapitän schielt missbilligend in meine Richtung.

Er ist kreidebleich im Gesicht. Aber er muss den Radarbildschirm im Blick und die Hände am Ruder behalten.

»Bist du ganz allein hier?«, fragt Opa.

Der Kapitän nickt leicht zur Seite, und da sehen wir ihn. Auf einem Sofa neben der Tür liegt ein junger Mann in einer ähnlichen blauen Uniform wie der Kapitän, nur mit weniger Gold drauf. Er kotzt in einen Abfalleimer.

Der Kapitän stößt einen Seufzer aus.

»Verdammt, ich hab keine Ahnung, was ich machen soll. Das Gewitter kam wie aus dem Nichts. Darauf war niemand vorbereitet. Es gab keine Meldungen im Radio. Keine Warnungen vom Festland. Was ist das?«

»Ach, das bisschen Wetter«, sagt Opa.

»Das bisschen Wetter? So was hab ich in meinem Leben noch nicht gesehen. Ein verfluchter Orkan ist das!«

»Papperlapapp, das ist noch nicht mal ein Sturm. Höchstens eine steife Brise. Aber zunehmend«, sagt Opa ruhig.

Im nächsten Moment kracht es wieder, aber diesmal kommt das Geräusch nicht von der Fähre. Und direkt danach wird die Welt für einen Augenblick in ein grelles gelbes Licht getaucht.

Der Kapitän knöpft den obersten Hemdknopf auf. An seinen Wangen laufen Schweißperlen hinunter. Oder sind es Tränen?

Und plötzlich steht Opa am Steuerstand. Strahlend winkt er mich zu sich. Der Kapitän hat ihm die volle Kontrolle überlassen und sich auf die Sofakante gesetzt. Hinter ihm wimmert der Steuermann kläglich vor sich hin.

Jetzt steuern Opa und ich mit unseren Schiffermützen auf dem Kopf den Kutter. Opa erklärt mir die verschiedenen Hebel und Knöpfe und den blinkenden Bildschirm hinter dem Ruder. Aber eigentlich brauchen wir den gar nicht, sagt er, schließlich kennen wir diese Gewässer wie unsere Westentasche. Er zwinkert mir zu.

»Stimmt's, Käpt'n?«

Hier oben geht es mir ein bisschen besser. Man fühlt sich nicht so eingeschlossen. Mein Herz hämmert immer noch, aber jetzt, wo Opa das Kommando hat, fühle ich mich etwas sicherer.

Plötzlich beschleunigt er und steuert die Fähre geradewegs in die Riesenwellen hinein.

»Was soll das? Du musst doch den Kurs halten!«, höre ich den Kapitän vom Sofa.

»Ja, ja«, sagt Opa nur. »Wir kennen den Weg. Und wir wollen kein Risiko eingehen. Deshalb müssen wir jetzt wohl oder übel über ein paar Wellen reiten.«

Der Kapitän schaut entmutigt drein, aber er scheint Opa

genug zu vertrauen, um reglos sitzen zu bleiben. Wie ein nasser Sack hängt er auf dem Sofa. Nur sein dicker Bauch hebt und senkt sich.

Und tatsächlich wird die Fahrt ruhiger. Kaum hat Opa den Kurs gewechselt, flachen die Schaukelbewegungen nach links und rechts ab. Stattdessen kommt es mir vor, als würden wir langsam einen Berg rauf- und dann ganz schnell wieder runterfahren. Und gleich noch mal. Schneller. Dann kommt der nächste Donnerknall, und diesmal blitzt das grelle Licht im selben Moment auf.

»Jetzt ist das Gewitter direkt über uns«, sagt Opa ruhig.

Auf dem Sofa stößt der Kapitän einen Seufzer aus.

Ich fühle mich seltsam. Mir ist übel, aber ich will jetzt wirklich nicht kotzen. Opa wäre so enttäuscht. Deshalb lasse ich mich auf den Boden sinken, lehne mich gegen die Wand unter dem Fenster und stelle mir den Horizont vor – das hat Papa mir beigebracht. Der Teppichboden ist feucht. Kalt und klebrig.

Ich kneife die Augen zusammen, und sofort ist er da, Papa …

Erst verstand ich nichts. Im Grunde war alles wie immer. Es war Winter, und ich träumte von den Inseln weit draußen im Meer. Vom Eis und den Robben und Vögeln, die in der Einsamkeit aufs Licht warteten.

Nach der Schule nahm ich den Weg durch den Wald, es war dunkel und nass und kalt, und ich stellte mir vor, wie es wohl unter dem Eis aussah. Im Wasser, wo das Leben weiterging. Ich dachte ans offene Meer, wo die Eisdecke aufhörte und das Wasser dunkel und gefährlich wurde. An die Wale, die südwärts zogen, in andere Winkel des endlosen Ozeans, wo es vielleicht schon sommerlich warm war, wo Quallen im Wasser schwebten und Delfine an der Oberfläche sprangen.

An Tiefseegräben und Riesentintenfische. An Korallenriffe, Muränen und Häfen am anderen Ende der Welt. Da draußen gab es so viel zu entdecken, während ich durch den Wald ging, einen Umweg machte, nur um vor den anderen zu fliehen. Auf keinen Fall wollte ich mich mit denen in eine Straßenbahn setzen. Im Wald war ich allein. Ich fror. Um diese Jahreszeit gingen dort nicht mal mehr die Leute aus dem Altenheim spazieren. Sie wären nur ausgerutscht und hätten sich die Knochen gebrochen.

Manchmal kam Papa mir entgegen und passte mich am Park ab. Er strahlte dann übers ganze Gesicht und schrie meinen

Namen so laut, dass ich mich schämte, obwohl niemand ihn sah oder hörte. Höchstens irgendein alter Mann mit Hund.

»Musste mir mal die Beine vertreten«, sagte Papa oft. »Ich kriege heute eh nichts geschafft.«

Nach der Schule fragte er mich nicht mehr, er wusste, was los war.

Wir spazierten einfach nebeneinanderher, und manchmal legten wir einen Zwischenstopp im Café Zenit ein. Papa trank Kaffee, ich Limo. Wir saßen an unserem Stammtisch und redeten über alles Mögliche. Nur nicht über die Schule.

Wenn wir nach Hause kamen, musste Papa meistens noch ein bisschen arbeiten.

»Ich will heute unbedingt noch ein paar Sachen losschicken«, sagte er dann und zog die Tür zu seinem Arbeitszimmer zu.

Ich schmiss mich dann auf mein Bett und betrachtete meine Seekarten. Oder ich guckte mir auf dem Handy irgendeine Serie an, die nie so gut war, wie alle behaupteten.

Einmal zog ich ein Buch aus dem Stapel neben dem Bett und las ein paar Zeilen:

Liebes Eichhörnchen!

Leihst du mir für ein paar Tage deinen Schwanz

zum Schutz vor der Dunkelheit?

So was las Papa? So was gab er mir zu lesen?

Der Typ auf dem Umschlag sah ein bisschen aus wie Opa.

Wenn Mama abends nach Hause kam, dampfte das Essen schon auf dem Tisch, und hinterher räumte Papa auf, während

Mama von der Arbeit erzählte, und dann schauten wir meistens noch ein bisschen fern. So vergingen die Tage.

Alles war wie immer.

Dachte ich.

Aber etwas war anders. Immer öfter wartete kein Papa am Park auf mich. Immer öfter kam ich in eine leere, fast dunkle Wohnung. Nur der Adventsstern im Fenster leuchtete, und dieser Lichterbogen mit Staffan Stallknecht in der Küche. Papa stellte ihn jedes Jahr auf, und jedes Mal meinte Mama, sie hätte noch nie so einen hässlichen Lichterbogen gesehen.

»Abscheulich!«, sagte sie immer. »Hast du den im Werkunterricht in der Schule gemacht?«

Papa guckte dann immer ein bisschen traurig.

»Ich hab ihn von meiner Großmutter geerbt, das weißt du genau. Du weißt, dass er dort stehen muss. Sonst ist nicht Weihnachten.«

Das fand ich auch. Den Lichterbogen hatte es schließlich schon immer gegeben.

»Ich weiß«, sagte Mama. »Trotzdem ist er abscheulich.«

Was sie wegen uns alles ertragen müsse, sagte sie. Aber mit einem Lächeln im Gesicht.

»Du musst uns für immer und ewig ertragen«, sagte Papa dann.

Dass das nicht stimmte, muss er damals schon gewusst haben.

Immer öfter mussten Mama und ich das Abendessen kochen, und dann aßen wir nur zu zweit.

Papa hatte so viel um die Ohren. Meetings und Geschäftsreisen und Weihnachtsfeiern, sagte er.

Wenn ich im Bett lag, hörte ich ihn manchmal nach Hause kommen. Und ich hörte, wie Mama ihn dann ausfragte.

»Wo warst du diesmal? Sind diese Essen wirklich so wichtig? Warum gehst du uns aus dem Weg?«

»Tue ich doch gar nicht …«

So fing es an.

Immer öfter kriegte ich gar nicht mehr mit, wie er nach Hause kam, und wenn ich morgens aufwachte, war er schon wieder weg. Wenn ich Mama nach ihm fragte, reagierte sie gereizt.

»Er hat viel um die Ohren«, sagte sie, »angeblich, was weiß ich.«

Dann musste sie schnell los.

Ich nahm weiter den Umweg durch den Wald, um die anderen zu meiden.

Oft kam ich zu spät. ’tschuldigung, tut mir leid – schnell an meinen Platz.

Und durchhalten.

Dann kam der Streit.

Es fing an mit Reden und Murmeln hinter geschlossenen Türen und schwoll dann an – wie der Sturm, der Regen, der Donner hier draußen. Die Entladung.

Papa schrie Mama an, sie solle sich beruhigen.

Mama schrie zurück und brach in Tränen aus.

Türen wurden geknallt, jemand verschwand.

Meistens Papa.

Er schlief nicht mehr zu Hause.

Dafür wartete er wieder am Park, drückte mich ganz fest und wirkte glücklich, mich zu sehen. Er begleitete mich nach Hause, aber wenn Mama von der Arbeit kam, war er meist schon wieder verschwunden.

Natürlich wollte ich wissen, was los war, und stellte Fragen, aber sie sagten, es sei schwer zu erklären. Alles werde wieder gut, sie bräuchten einfach etwas Zeit. Mama bräuchte Zeit. Papa bräuchte Zeit. Und sie gaben sich Mühe. Die gemeinsamen Abendessen, wenn sie versuchten, sich normal zu verhalten, über normale Dinge zu sprechen, aber nichts davon fühlte sich normal an.

Mamas endlose Telefonate, die man in der ganzen Wohnung hörte. Ihr Weinen.

Und dann der Tag, an dem ich nach Hause kam und es in der

Wohnung stockduster war. Der letzte Tag vor den Weihnachtsferien.

Stallknecht Staffan war verschwunden. Die Küche lag im Dunkeln. Später fand ich den Lichterbogen. In zwei Teilen, draußen beim Müll.

Mama kaufte einen neuen aus Metall.

Sie fand ihn todschick.

Das war mein schlimmstes Weihnachten.

Käpt'n, Käpt'n! Land in Sicht!«

Opas Rufen reißt mich aus meinen Gedanken. Vielleicht sind Minuten, vielleicht Stunden vergangen, ich weiß es nicht.

Der Kapitän und der Steuermann liegen als blau-goldener Haufen auf dem Sofa.

Ich rapple mich auf und stelle mich neben Opa an den Steuerstand. Vor den Fenstern ist immer noch alles grau und diesig. Die Wellen sind riesig, aber mittlerweile etwas glatter, langgezogener.

Alles fühlt sich immer noch sehr riskant und ziemlich gefährlich an, und genau das beruhigt mich irgendwie.

Ich schaue zu Opa hoch, atme tief durch. Da sind wir, Opa und ich, im Auge des Sturms. Er lächelt.

In der Ferne kann man etwas Dunkles erkennen, das aus dem Wasser aufragt.

»Der Pier«, sagt Opa und zeigt in die Richtung. »Jetzt müssen wir nur noch anlegen, ohne einen Unfall zu bauen.«

»Na, das ist dann wohl mein Job«, sagt der Kapitän und hievt sich mühsam vom Sofa.

Er setzt seine Kapitänsmütze auf. Sein Bart ist verwuschelt, sein Gesicht kreidebleich. Er streckt Opa die Hand entgegen, aber ohne sich zu bedanken.

»War doch nett von mir, dass du ein bisschen steuern durftest, oder? Hat's Spaß gemacht?«

Ich sehe zu Opa hoch, aber der lacht nur und macht Platz für den Kapitän.

Als wir die Treppe runtergehen, schlägt uns ein stechender Kotzgeruch entgegen. Koffer liegen kreuz und quer auf dem Boden, und die Passagiere hängen über Sitzbänken, Kinderwagen und Gepäck. In einer Ecke kauert der Papa mit dem kleinen Jungen und drückt ihn an sich. Er hat sich eine Rettungsweste übergestreift. Bilderrahmen sind von den Wänden gefallen, und die Toilettentür klappert. Riesiges Durcheinander, und trotzdem sind alle mucksmäuschenstill. Ich drehe mich zu Opa. Ob hier unten jemand gestorben ist?, schießt es mir durch den Kopf.

Aber Opa strahlt nur.

»Na dann, liebe Leute. Alle Mann hoch, wir laufen gleich im Hafen ein. Sobald der Kapitän angelegt hat, könnt ihr euch für heute von Bord rollen. Hat er doch gut gemacht, unser Kapitän?«

Langsam rührt sich wieder was. Alle setzen sich auf, streichen ihre Klamotten und Haare glatt. Wischen sich mit dem Handrücken über den Mund und reiben sich das Gesicht. Dann richten sich ihre ängstlich aufgerissenen Augen auf Opa, und plötzlich fängt einer an zu klatschen. Wir stehen auf der Treppe, Opa und ich, und plötzlich sehen wir, wie immer mehr Passagiere aufstehen, zu uns hochschauen und applaudieren. »Bravo!«, ruft einer. Ein anderer pfeift sogar.

Es ist, als wären wir Rockstars.

Dann heult der Motor auf, und die Fähre neigt sich ein letztes Mal zur Seite. Ein lauter Rums, als wir die am Kai befestigen Pufferreifen rammen. Und noch mal. Und noch mal. Dann Stille.

Die Lautsprecher bleiben stumm, aber schon springt die Tür hinter uns auf, und der Steuermann schleppt sich langsam die Treppe hinab. Opa und ich rücken zur Seite. Auf seinem zerknitterten weißen Hemd zeichnen sich große braune Flecken ab. Kreidebleich pflügt er sich durchs Publikum und öffnet die Tür zum Außendeck. Dann gibt er uns mit einer Handbewegung ein Zeichen, dass wir die Fähre verlassen können. Aber vor allen anderen stürzt er selbst nach draußen. Während er wegsprintet, weg von der Fähre, vom Anleger, vom Meer, zerrt der Sturm an ihm.

Ich blicke ihm nach, bis er irgendwo auf dem großen Parkplatz verschwindet.

Und da sehe ich sie.

Sie steht neben ihrem kleinen roten Toyota und winkt uns zu.

Mama.

Was machst du hier? Opa und ich wollten den Zug nehmen. Wir hatten doch alles besprochen.«

Wir haben uns zum Parkplatz durchgekämpft, zu dem kleinen roten Auto, zu Mama. Wir mussten uns gegen den Wind stemmen, Regen schlug uns ins Gesicht. Aber erst jetzt, nachdem wir Mama umarmt und uns ins Auto gezwängt haben, holt Opa die Südwester hervor.

»Wir haben uns ein bisschen verspätet, was?«, murmelt er und steckt die Regenhüte wieder ein.

»Ich weiß, dass wir was anderes ausgemacht hatten«, sagt Mama. »Aber dann kam dieses Unwetter.«

Sie erzählt, dass im Radio davor gewarnt wurde, das Haus zu verlassen. Dass massive Zugverspätungen angekündigt wurden.

»Und da hab ich mir eben Sorgen gemacht«, sagt sie.

Opa und ich tauschen einen Blick.

»Um uns?«, prustet er. »Um uns hast du dir Sorgen gemacht? Machst du Witze? Wir hatten einen Mordsspaß da draußen. Ein ordentliches Gewitter, genau das hat diesem Sommer doch gefehlt.«

Opa dreht sich zu mir um. Ich sitze allein auf dem Rücksitz. So fröhlich und ausgelassen hab ich ihn noch nie gesehen. Und noch nie so traurig und niedergeschlagen wie in dem Moment, als wir die Insel verlassen haben.

Ein kleines Unwetter, und plötzlich ist es, als gäbe es auf der Welt keine Probleme mehr.

»Aber da ist noch etwas«, sagt Mama hinterm Steuer.

Als ich in den Rückspiegel blicke, sehe ich Tränen auf ihren Wangen. Sie weint.

»Ich hab euch so vermisst«, sagt sie und schluchzt, als Opa ihr über die Wange streicht.

Und da fange ich auch an.

Schon wieder mein Herz. Es verrutscht, spielt verrückt.

Scheeeiße!, will ich schreien. Und mit dem Fuß aufstampfen, irgendwas treten und schlagen, aber ich kann hier nicht weg, ich sitze auf dem Rücksitz fest und weine im Stillen.

Alles passiert in mir drin.

Die Insel ist so verdammt weit weg.

Und Rut …

Vorne unterhalten Mama und Opa sich leise; ich höre nicht zu. Es gießt in Strömen, und obwohl die Scheibenwischer wie verrückt hin und her peitschen, kommen sie kaum gegen den Regen an. Am Straßenrand schwanken die Tannen so gefährlich, als könnten sie jeden Moment auf uns stürzen.

Es fängt an zu dämmern, und die Sache am Strand ist eine halbe Ewigkeit her. Der Kuss.

Dabei ist es erst heute Morgen passiert. Vor ein paar Stunden. Die Sonne, die Schnigge, der Schnulzensänger, das Meer. Rut und ihre Tränen. Unser Lachen. Der Kuss. Die Wärme.

Ja, eine halbe Ewigkeit.

Und da steigt Panik in mir auf.

»Ich will zurück«, flüstere ich durch die Tränen und meine, zurück zum Meer, zum Sommer, zur Insel.

Opa hört mich.

»Ich auch, Vinga«, sagt er. »Ich auch.«

Und Mama sitzt hinterm Steuer. Mama, die immer so verdammt einsam sein muss.

Alles sollte wie früher werden. Aber ich hörte Mama an, dass es nicht stimmte, wenn sie das sagte. Merkte, wie sie meinem Blick auswich und komisch wurde.

Sie wusste, dass Schluss war.

Die Wörter, die hier und da eingeflochten wurden, die harten Stimmen, die Tränen, Papas Kleiderschrank, der langsam leerer wurde. Die Zähne putzte er nicht mehr bei uns zu Hause.

Alles wurde ernst und grau, und morgens fluchte und schimpfte Mama, bis wir im Flur standen und uns zum Abschied in den Arm nahmen. Sie entschuldigte sich, sie schäme sich so.

Wenn Papa da war, lächelten sie, aber nur mit den Lippen. Alles wird gut, sagten sie.

»Das geht vorbei. Wir finden eine Lösung.«

»Du kannst nichts dafür«, sagte Mama, wenn sie sich vor dem Schlafengehen zu mir auf die Bettkante setzte und fand, dass ich traurig aussah.

Als ob ich ihr geglaubt hätte.

Ja, Stück für Stück verschwand er, mein Papa; hier ein Hemd, da ein Buch. Als wäre es nicht so auffällig, wenn er schrittweise verschwand, als würde ich nicht merken, dass er mich im Stich ließ. Aber ich merkte es. Dachte die ganze Zeit daran. Dass jemand, der immer da gewesen war, einfach so verschwinden konnte. Ich wurde den Gedanken nicht mehr los. Den Gedanken, dass er woanders etwas hatte, das so viel besser und wichtiger war. Und ich vermisste ihn, so sehr, dass es wehtat.

In der Schule saß ich manchmal da, stellte mir die große Leere vor, und dann kamen mir mitten im Unterricht die Tränen. Und plötzlich sahen sie mich. Diese sogenannten Klassenkameraden, die ständig mit irgendwas beschäftigt waren.

Am Anfang schwänzte ich nur einzelne Stunden, aber dann wurden ganze Tage daraus. Meistens streifte ich durch die Stadt. Trank irgendwo Tee und hörte Musik, *Der Aal* in Dauerschleife. Ich ging ins Kino. Träumte mich weg.

Am Abend rief manchmal Opa an, und dann hielten wir einfach die Klappe, jeder auf seiner Seite des unendlichen Meers. Das funktionierte echt gut.

Was Ylva wohl gedacht hat, wenn sie in der Küche saß, in der es nach Angebranntem roch?

Und dann stand Papa eines Tages nach der letzten Stunde vor der Schule. Als ich ihn auf der anderen Straßenseite entdeckte, sprang mein Herz an den richtigen Fleck, und ich rannte zu ihm rüber und wäre um ein Haar überfahren worden. Aber er lachte nur.

»Oh, ist das schön, dich zu sehen«, rief er und drückte mich ganz fest.

»Dich auch«, sagte ich.

Und ich war einfach glücklich, obwohl ich so viel Wut und so viele Fragezeichen in mir hatte. Am liebsten hätte ich gefragt, wie er uns das antun konnte, aber das ging natürlich nicht. Und als ich sein breites Lächeln sah, wurde mir ganz warm ums Herz.

»Ich hab dich so vermisst!«, sagte er, als wir uns fertig umarmt hatten und uns einfach nur lächelnd ansahen.

Er trug einen funkelnagelneuen Schal, auf den er sehr stolz war. Der Schal war lang und rot, und Papa lieh in mir, obwohl er bei mir fast über den Boden schleifte. Er roch so gut.

»Frisch gestrickt«, sagte Papa.

Dann fragte er, ob ich Lust auf eine Limo im Zenit hatte.

Und das hatte ich. Also schlenderten wir Arm in Arm los, vorbei an den sogenannten Klassenkameraden. Mir war egal, ob sie starrten, und ich hörte nicht, was sie sagten. Sah nur, wie sich ihre Lippen bewegten.

Und dann trank Papa seinen Kaffee und ich meine Limo, und er erzählte mir, was bei ihm so los war. Arbeitskram. Ich hätte ihn viel lieber nach anderen Sachen gefragt, aber ich wollte nichts kaputt machen. Das übernahm Papa dann.

»Du, Vinga«, sagte er. »Wie geht's dir eigentlich?«

»Gut.«

»Und wie geht's dir wirklich? Warum schwänzt du so oft, du weißt doch …«

Ich schaute auf meine Leohose hinab, meine Haare hingen mir über die Augen, und dann flüsterte ich:

»Du kommt ja nicht mehr nach Hause –«

»Oh, Vinga.«

Er stand auf, ging um den Tisch herum und neben mir in die Hocke. Ich wischte mir mit dem roten Schal die Tränen ab.

»Aber warum kommst du nicht mehr nach Hause?«

»Das ist so schwer zu erklären«, sagte er.

Und dann wieder, dass es nicht meine Schuld sei, dass er am liebsten immer bei mir wäre. Dass es ihm leidtäte, wie sich die Dinge entwickelt hätten, dass es für ihn nichts Wichtigeres gäbe als mich, und da wollte ich eigentlich nur noch schreien …

»Hallihallo«, sagte plötzlich eine Stimme hinter uns, und Papa erstarrte.

Und dann stand sie einfach da mit ihrem breiten Lächeln, pechschwarzen Haaren und riesigen Ohrringen.

»Hallihallo«, flötete sie noch mal. »Störe ich?«

»Vielleicht ein bisschen«, sagte Papa zögernd und sah mich an.

Dann lächelte er komisch. »Vinga, das ist Angelica.«

Sie beugte sich zu mir herunter, tätschelte mir die Hand.

»Schön, dich kennenzulernen, Vinga«, sagte sie mit einer Stimme, als würde sie mit einem Baby sprechen.

Hastig zog ich meine Hand zurück. Kam mir überrumpelt vor.

Angelica verströmte einen ganzen besonderen Geruch. Sie roch genauso wie der Schal. Sofort war ich den Geruch wieder leid.

An dem Abend passierte es zum ersten Mal, ich erstarrte, und mein Herz verrutschte.

Als ich wach wurde, stand Mama weinend in der Tür und schrie mich an.

Wenn Papa und ich ins Kino gingen, durfte Angelica nicht mit. Papa wollte, dass ich manchmal bei ihm schlief. Aber er wohnte jetzt bei ihr. Und da wollte ich nicht hin.

Mama sagte, das müsse ich auch nicht.

Obwohl längst Frühling war, trug Papa immer noch den Schal und schwitzte.

Wenn er uns besuchen kam, hängte er ihn im Flur auf, und der Geruch breitete sich sofort in der ganzen Wohnung aus. Mama und ich liefen gleichzeitig zur Balkontür und lachten, weil wir denselben Einfall gehabt hatten, aber Papa verstand den Wink nicht.

Manchmal klappte es ganz gut, ihn bei uns zu haben. Wir aßen gemeinsam, aber jetzt war es Mama, die kochte. Ich glaube, Papa traute sich nicht. Er war nur noch zu Gast.

Meistens gingen Papa und ich danach in mein Zimmer, während Mama in der Küche klar Schiff machte. Wir spielten irgendwas und redeten kaum.

Wenn er nach Hause ging, nahm er immer irgendetwas mit. Ein Buch, ein Paar Schuhe, das er aus dem Kleiderschrank herausfischte, seine Lieblingstasse, die mit Königin Silvia drauf. Stück für Stück räumte er sich selbst aus der Wohnung.

Danach war Mama leer und glücklich. Wir umarmten uns,

und die Küche glänzte und blitzte. Den ganzen Abend hatte sie dort verbracht.

Im Radio lief der Seewetterbericht.

Ich sehnte mich nach dem Sommer.

Dann würde ich ein paar Wochen bei Opa auf der Insel sein, das hatten sie mir versprochen.

Ich muss auf dem Rücksitz eingeschlafen sein, denn plötzlich wache ich ruckartig auf, als Mama den Motor abstellt. Es wird schon heller, aber der Sturm heult immer noch.

Auf der anderen Straßenseite liegen dicke Äste vor dem Eingang zum Park, Zeitungen und Plastiktüten tanzen über den Bürgersteig wie Gespenster. Es kommt mir vor, als wären wir die halbe Nacht durchgefahren.

Wir gehen rauf in die Wohnung, und bevor wir uns hinlegen, trinken wir Tee und essen belegte Brote. Mama und Opa streiten sich darüber, wo Opa schlafen soll. Er will das Sofa nehmen, aber Mama besteht darauf, dass er ihr Bett bekommt. Natürlich gewinnt am Ende Opa, und als ich ihm Gute Nacht sagen will, liegt er schon schnarchend und in seinem Sonntagsanzug im Wohnzimmer.

Keine Ahnung, wie viele Wochen ich weg war, aber als ich die Tür zu meinem Zimmer öffne, kommt es mir vor, als wäre ich ewig nicht mehr hier gewesen. Natürlich erkenne ich es trotzdem wieder. Alles sieht so aus wie vorher.

Die Seekarte an der Wand, der Globus auf der Fensterbank. Der hässliche Streifenteppich und meine alten, zerknautschten Kuscheltiere, die ordentlich aufgereiht auf dem Bett sitzen und auf Liebe warten, die sie vielleicht nie wieder bekommen werden. Alles ist wie immer. Alles ist anders.

Ich ziehe die Tür hinter mir zu, lege mich auf den roten Bettüberwurf und starre an die Zimmerdecke.

Plötzlich klopft es an der Tür. Ich kenne dieses Klopfen. Im Laufe des Frühjahrs hab ich es öfter gehört. Immer dann, wenn Mama über ernste Dinge sprechen wollte. Über Papa und Angelica, über mich und mein Erstarren. Über Ärzte, Psychologen und Schriftsteller. Gespräche, die nie weiter als bis zu einem Ja, Nein, Vielleicht kamen …

Mama kommt herein. Auf Zehenspitzen, wie meistens, wenn es um etwas Ernstes geht. Sie hat Tee gekocht und stellt meine Tasse auf den Nachttisch. Die mit der Morra drauf, von den Mumins.

»Deine Lieblingstasse, oder? Während du weg warst, hab ich sie mir ab und zu geborgt«, sagt Mama.

Sie setzt sich neben mich, streicht mir über die Stirn und die Wange und macht: »Ohhh.«

Dann erzählt sie, dass sie mit Papa gesprochen hat. Er will, dass ich vorbeikomme.

»Und was ist mit dir?«, frage ich.

»Mal sehen.«

»Willst du nicht?«

»Jein … glaub ich.«

»Geht mir auch so.«

»Er ist immerhin dein Bruder.«

»Nicht wirklich.«

Sie sagt, sie versteht, dass ich auf die Insel zurückwill, zurück zu dem unkomplizierten Leben dort. Zurück zum Sommer.

»Aber Papa wünscht sich so, dass du kommst. Und ich brauche dich auch.«

»Okay«, sage ich. »Geh jetzt.«

Danach liege ich auf dem Bett und betrachte die Seekarte. Segelt man immer weiter nach Westen, gelangt man zu den Hebriden. Das hat Opa mir erklärt. Dort muss man hin, sagt er. Der letzte Außenposten, dahinter kommt nichts als Meer.

Die Menschen haben sich auf dem Festland zusammengedrängt, in Städten, wo sie auf engstem Raum leben, aneinandergepresst wie die Seiten in einem dicken Buch. Draußen auf dem Meer ist man frei. Über einem der Himmel und die Ewigkeit hinter den Sternen. Unter einem das unerforschte tiefe Meer, wo Menschen nicht überleben können. Nur Wale, Krill und Krabben.

Auf der Seekarte stehen die Meerestiefen als Ziffern, aber niemand weiß, wie viele Geheimnisse in diesen sechshundertzweiundfünfzig Metern verborgen sind.

Am nächsten Morgen sitze ich neben Opa auf dem Sofa. So langsam dämmert mir, warum er es gestern so eilig hatte – weil es die letzte Fähre vor dem großen Sturm war. Jetzt sitzen alle auf der Insel fest, und das hat Opa gewusst. Rut kommt nicht von dort weg. Ausgerechnet die inselhassende Rut, jetzt ist sie tatsächlich dort gefangen. Und ich bin es hier.

Mir wird klar, warum Opa seinen altmodischen Koffer so vollgepackt hat. Weil er nicht nach Hause kann. Im Fernsehen wird von dem Unwetter berichtet, von Unfällen, abgesagten Flügen und Zügen und Windgeschwindigkeiten von über dreißig Metern pro Sekunde. Man soll das Haus nicht verlassen. Der Sturm könnte Dächer abdecken und Straßenschilder umwerfen. Niemand weiß, wann das Wetter sich beruhigt.

Genauso, wie niemand weiß, wie es mit den Wäldern weitergeht. Viele stehen immer noch in Flammen.

»Lebensgefährlich«, sagt ein Einsatzleiter.

»Katastrophenlage«, sagt der Ministerpräsident.

Meteorologen zeigen auf Landkarten, wahrscheinlich, wahrscheinlich, sagen sie, aber keiner traut sich, klare Aussagen zu machen.

Bis auf Opa.

»Einen Tag noch«, sagt er. »Morgen fahren die Schiffe wieder. Morgen kommt der Sommer zurück.«

Wir unterhalten uns über die Insel, überlegen, wie es Ylva, den Schafen, dem Albatros und der Schnigge geht. Wir reisen in Gedanken übers Meer, und plötzlich erschlaffen Opas Augenbrauen wieder, und da weiß ich, dass er viel lieber auf der Insel wäre. Ich muss daran denken, wie er das Unwetter auf hoher See genossen hat. Male mir aus, wie er lachend um den Leuchtturm tanzt, umgeben von Regen und Donner und Sturm.

Aber stattdessen sitzt er hier. Eingesperrt in einer kleinen Wohnung neben einem Park in einer Stadt. Auf einem Sofa vor dem laufenden Fernseher, mit einer traurigen Tochter und einer traurigen Enkelin. Apropos Katastrophenlage.

Da sage ich es:

»Ich fahre mit dir zurück.«

»Was?«

»Wenn der Sturm sich gelegt hat. Morgen oder so. Wenn die Fähre wieder fährt. Dann komme ich mit dir auf die Insel.«

Er sieht mich an und lächelt. Seine Augenbrauen hüpfen nach oben.

Und dann lacht er.

»Das ist gut, Käpt'n. Das ist gut.«

Beim Frühstück schaue ich mir die Wetterkarte in der Zeitung an. Den Seewetterbericht haben wir verpasst.

Hinter meinem Rücken schwirrt Mama vorbei, um Opa Kaffee nachzuschenken. Opa sieht mich an und nickt mir zu.

»Schau mal nach, wann der Sturm sich legt«, sagt er. »Ob die Experten meinen, sie wüssten Bescheid.«

Mama setzt sich auf den Stuhl mir gegenüber.

»Dass du in der Zeitung warst, Liebling, ist das nicht toll?«, sagt sie. »Ihr habt sie doch hoffentlich aufgehoben?«

Opa und ich tauschen einen Blick.

»Über die hat sich der Ofen gefreut«, sagt Opa, worauf Mama sich verschluckt und so sehr husten muss, dass sie aufspringt.

Danach versucht sie, ein gemütliches Frühstück zu haben. Sie löchert uns mit Fragen über die Insel. Über den Wal und Ylva und die Latzhosenmänner. »Wie geht's Yngve, Gunnar und den Brüdern Österman?« Sie fragt, was Opa und ich da draußen essen? Ob es die Donnerstagskneipe noch gibt?

»Mittwochskneipe«, murmle ich, und da bohrt Mama sofort weiter.

Opa sieht ein bisschen bedrückt aus. Das ist genau die Art von Small Talk, die er nicht ausstehen kann. Auf Mamas Fragen grummelt er nur einsilbige Antworten.

Mmmm, ja, schon, nein, noch nicht, doch …

Bis Mama aufgibt und nach der Zeitung greift.

Aber schon kurz darauf beugt sie sich zu mir vor und flüstert mit großen Augen: »Aber du. Was ist mit dieser Rut? Deiner neuen Freundin. Von der kannst du mir doch ein bisschen erzählen.«

Da erstarre ich. Tief im Bauch spüre ich ein Kitzeln, wie gestern auf der Ladefläche von Ylvas Quad. Aus meiner Brust steigt eine Wärmewelle hoch, ich merke, dass mein Hals rot anläuft, und dann …

Hör auf, denke ich, hör auf, aber jetzt glühen meine Wangen, weil Mamas Augen und ihr breites Lächeln sich in mein Gesicht brennen, und ich bekomme mit, wie Opa von seinem Brei aufblickt und mich ansieht, als warte er auf eine Antwort.

Mein Mund ist ganz trocken, und ich merke, wie mein Blick hin und her flackert, obwohl ich das nicht will. Also starre ich auf den Sticker, der seit ewigen Zeiten an der Kühlschranktür klebt. Ein Wal. Mama hat mal versucht, ihn wegzuknibbeln, aber ohne Erfolg. Er hat überlebt. Auch wenn die Umrisse etwas ausgefranst sind.

»Die ist ein Engel.«

Opa antwortet für mich. Er kommt mir zuvor. Er rettet mich und lacht. Und da lache ich auch.

Und dann lachen wir beide, Opa und ich, während Mama fast ein bisschen traurig aussieht.

Schon wieder ist sie außen vor.

Und plötzlich sind wir da. Vor der Tür, die ich öffnen soll.

Ich hab mich durch die Krankenhausflure geredet. Hab Mama von den Pottwalen erzählt. Davon, dass sie die größten Gehirne der Welt haben und einsam durch die Ozeane wandern.

Als ob Mama sich für so was interessieren würde.

Ich hab geredet, um nicht an alles andere zu denken, aber irgendwann kommt man an. Am Ende des Flurs.

Mama setzt sich auf einen grünen Stuhl an der Wand.

»Ich warte hier«, sagt sie und zeigt auf die Tür, die ich öffnen soll.

»Kommst du nicht mit?«, frage ich.

»Geh du vor, ich komme später nach.«

Als sie das sagt, verändert sich ihr Gesicht. Da ist ein Zucken, wie wenn man gleich lachen muss oder wenn Tränen nicht richtig rauswollen. »Sag, dass ich nachkomme, dann wissen sie Bescheid. Na los!«

Sie deutet auf die Tür, aber ich rühre mich nicht. Ich will das alles nicht. Verdammt, ich will einfach nur zurück auf die Insel. Zurück zu Rut, zu Opa, zum Boot, zum Sommer …

»Wusstest du, dass ein neugeborener Pottwal eine Tonne wiegt?«

»Mach schon, Vinga«, sagt Mama.

Dann drückt sie mich noch einmal ganz fest an sich. Hinter ihr ist ein großes Fenster, das zum Krankenhauspark zeigt. Überall abgebrochene Äste und Müll, umgefallene Schilder und vom Dach gerissene Regenrinnen. Aber hier drinnen ist es still. Wie nach einer Naturkatastrophe. Nur ein leises Surren, dann schreit irgendwo ein Baby. Schritte auf dem Flur und eine brummende Kaffeemaschine.

Eigentlich muss ich nur zur Tür gehen und anklopfen, das ist alles.

Das ist alles.

Mama erfuhr es zuerst. Mir erzählten sie nichts, aber ich merkte natürlich sofort, dass etwas nicht stimmte.

An manchen Abenden sagte Mama kaum ein Wort. Sie saß stumm am Tisch und starrte aus dem Fenster. Wir aßen Dosensuppe. Irgendwann hatte ich mal erwähnt, dass die Tomatensuppe gar nicht so übel war, wenn man sie mit Mozzarella aufpeppte. Aber jetzt gab es nur noch Dosentomatensuppe. Ohne Mozzarella. Und wir waren ruckzuck mit dem Spülen fertig.

Danach schloss Mama sich im Schlafzimmer ein, bis sie irgendwann rausgestürmt kam und brüllte, dass ich ins Bett solle. Dann musste alles schnell, schnell gehen, dann war sie wild.

Diese Abende endeten immer damit, dass Mama sich bei mir auf die Bettkante setzte, um sich zu entschuldigen.

»Liebste Vinga«, sagte sie. »Liebste Vinga, bitte verzeih mir, das ist einfach alles so verdammt schwer.«

»Ich weiß«, sagte ich, und dann weinte Mama. Und ich auch.

An anderen Tagen drehte sie Musik auf volle Lautstärke und wirbelte durch die Wohnung. Zu diesen altern Liedern, die sie so mag.

Seit du weg bist, hat mein Spiegel vergessen, wie du aussiehst, er sieht dich nie wieder …

Sie putzte, räumte Schränke aus und wieder ein und sang aus vollem Hals mit.

Alle haben dich vergessen, nur ich nicht, denn alles erinnert mich an dich …

Eines Tages wollten wir einen Ausflug machen und fuhren mit der Straßenbahn nach Saltholmen ans Meer, setzten uns auf die Felsen und aßen Lachsbrote. Mama blinzelte in die Frühlingssonne und sagte, wir hätten es so gut.

»Jetzt haben wir's gut, Vinga.«

Immer wieder.

Oder: »So wird's immer bleiben, oder? Versprich mir das! So wird's immer bleiben.«

»Jetzt geht's uns gut, oder?«

»An diesen Tag werden wir uns immer zurückerinnern, stimmt's?«

Ich nickte nur, kniff die Augen zusammen und gab mein Bestes. Aber mein Bauch tat weh, und der Horizont schien so unendlich weit weg. Ich sollte woanders sein.

Da draußen glitten Schiffe übers stille Meer. Da draußen waren die Eisberge, die Plastikberge.

Da draußen war die Insel. Meine Sommerinsel.

Mama hatte es zuerst erfahren, aber dann war ich an der Reihe.

An einem Wochenendmorgen kam Papa zu uns. Mama hatte Spinatsaft und Erdnussbutter besorgt. Die Wohnung war frisch gesaugt, die Frühlingssonne fiel durch blitzblanke Fenster. Es war der erste Tag des Jahres, an dem wir auf dem Balkon frühstücken konnten. Die Sonne war warm, und die Vögel sangen.

Aber falls Papa dieses Jahr wieder Tomaten zog, dann auf einem Balkon im Stadtzentrum. Ich hätte ihn gern gefragt, aber ich traute mich nicht. Ich wusste ja nicht mal, ob die Wohnung einen Balkon hatte.

Als Papa und ich nach drinnen gingen, fing Mama an, den Tisch abzudecken. Papa machte solche Sachen nicht mehr bei uns. Und er hätte sich eh nicht zurechtgefunden, weil Mama alle Schränke umgeräumt hatte.

Wir setzten uns aufs Sofa. Ich wäre lieber rausgegangen, durfte aber nicht. Papa wollte etwas erzählen, aber erst, wenn Mama auch da war. Also warteten wir. Doch als sie endlich zu uns kam, musste Papa plötzlich in die Küche, um sich Kaffee zu holen, aber da meinte Mama, die Kanne sei leer, und als Papa neuen kochen wollte, fand er keinen Filter.

»Ich mach schon«, sagte Mama, und dann warteten wir wieder.

»Also, Vinga«, sagte Papa schließlich, als Mama bei uns saß und auf dem Sofatisch die Kaffeetassen dampften. »Da ist eine Sache … ich weiß nicht, wie du … oder wie ich … na ja …«

Dann kam es.

»Du bekommst ein Geschwisterchen.«

Ich starrte die beiden stumm an. Papa rückte näher, legte mir den Arm um die Schultern und sah mich erwartungsvoll an. Aber ich guckte zu Mama. Mein Körper kribbelte. In meinem Bauch kitzelte es, und mein Herz drehte sich im Kreis. Nichts war, wie es sein sollte.

»Das ist doch schön«, sagte Mama.

Aber ihre Stimme klang unnatürlich laut, und ihre Augen schimmerten feucht. Ihr Rücken war kerzengerade, sie wirkte angespannt und steif.

Natürlich war mir klar, dass Papa dieses Geschwisterchen nicht mit Mama gemacht hatte. Angelica würde es freudestrahlend in ihrem Bauch vor sich hertragen und es irgendwann zur Welt bringen. Und danach würde sie es stolz in einem Kinderwagen durch die Gegend schieben und in ihrer Babysprache volltexten. Aber … wären dieses Baby und ich wirklich Geschwister?

»Okay«, sagte ich.

Und dann: »Verdammte Scheiße.«

Es war keine Absicht, es rutschte mir einfach so heraus. Verdammte Scheiße.

Früher hatte ich ständig davon geredet, wie sehr ich mir

einen Bruder oder eine Schwester wünschte – das hatten Mama und Papa mir erzählt, und ich erinnerte mich auch noch daran. Sie hatten dann immer komisch geguckt und gesagt: »Mal sehen.«

Und jetzt sah ich Papa an, dass er glaubte oder zumindest hoffte, ich würde mich freuen. Als ginge mein Wunsch endlich in Erfüllung.

Aber die Wahrheit war weit davon entfernt.

Papa merkte das, und dann hörte er nicht mehr auf zu reden, zu reden, zu reden.

Alles wird gut, sagte er, er würde deshalb nicht weniger Zeit für mich haben, im Gegenteil, ganz im Gegenteil, denn bald hätte er ja Vaterschaftsurlaub für diesen kleinen neuen Menschen, und dann könnten wir alles zusammen unternehmen, uns nach der Schule treffen und …

»Und was ist mit ihr?«, fragte ich. »Mit Angelica?«

Da wurde er still.

»Wann kommt das Kind?«, wollte Mama wissen.

»Ja, also, irgendwann im Herbst«, sagte Papa.

»Wann genau?«

»September, vielleicht Ende August. Ja, wahrscheinlich im August, man weiß ja nie so genau, wann –«

»Aber …«, sagte Mama laut, sprang auf und fing an, im Zimmer auf und ab zu gehen. »Aber … August ist doch nicht Herbst.«

Papa erzählte, Angelicas Bauch werde immer größer, aber

Mama und ich hörten schon nicht mehr zu. Wir fanden beide, dass er verschwinden sollte.

Ich wollte allein sein.

Aber da meinte Mama, wir hätten doch einen Ausflug geplant.

»Du musst jetzt jedenfalls gehen«, sagte sie zu Papa und sah ihn durchdringend an.

Ich beobachtete durchs Fenster, wie er im Park verschwand. Bestimmt wartete Angelica im Café Zenit und war schon gespannt, wie es gelaufen war.

»Wie hat sie's aufgenommen?«, würde sie fragen. »Hat sie sich gefreut?«

Bestimmt saß sie an Papas und meinem Tisch, mit dickem Bauch, Goldohrringen und einer schönen Tasse Tee.

Ich winkte nicht.

Mama weinte.

Und ich weigerte mich, einen Ausflug zu machen.

Mein kleiner Bruder ist rot und rund. Er liegt auf einer zerknitterten Decke, und seine Beine zucken vor und zurück. Die Finger tasten im Gesicht herum und hinterlassen kleine Kratzer auf der schuppigen Haut. Die Augen sind geschlossen, aber die Brauen sehen skeptisch aus. Sein Mund ist ständig in Bewegung. Er liegt auf Papas Bauch, und Papa streicht ihm über den schwarzen Schopf und sagt: »Ist ja gut, ist ja gut, ist ja gut.«

Aber es nützt nichts. Erst kommt ein leises Wimmern, dann ein lautes Schreien. Angelica ist sofort zur Stelle und rafft ihn an sich. Meinen kleinen Bruder. Danach lächelt sie mir zu, zwinkert, als wollte sie mir mit den Augen zuwinken, und legt sich ins Bett, ganz dicht neben Papa. Ihre riesige Brust quillt aus dem Krankenhaushemd hervor, mein kleiner Bruder schnappt danach und verstummt.

Da steht Papa auf. Er trägt nur eine Unterhose, und als er mich umarmt, steigt mir ein eigenartiger Geruch in die Nase. Schweiß und Fleisch.

»Liebste Vinga«, sagt er. »Liebste Vinga, du hast mir so gefehlt.«

Ich finde, sie hätten sich ruhig was Ordentliches anziehen und kurz mal durchlüften können. Immerhin wussten sie, dass ich komme. Aber sie strahlen, und ich will nichts kaputt machen.

Dafür bin ich hergekommen? Um auf einer dreckigen Bettdecke zu sitzen und den Geruch von Fleisch, Blut und warmen Körpern einzuatmen? Wenn ich die Wahl gehabt hätte, wäre ich auf der Insel geblieben. Früher oder später wäre ich ja eh zurückgekommen. Zurück zum Herbst, zu den Straßenbahnen und Zeiten, die man einhalten muss.

Aber ich hatte keine Wahl. Mama war am Telefon so bestimmt gewesen; ich sollte nach Hause kommen, und Opa sollte mich begleiten, obwohl er auch nicht wollte. Und wir haben getan, was sie gesagt hat. Ihr zuliebe.

Ich hab Papa vermisst, hab ich wirklich, auch wenn ich mir im Moment nicht mehr so sicher bin. Alles ist seltsam. Neu und seltsam.

Ich schaue zum Bett, wo das nuckelnde Baby liegt. Das Baby, auf das ich mich kein bisschen gefreut habe. Ich sehe nur einen flaumigen Nacken, der sich etwas bewegt.

Mein Bruder? Ein Mensch?

»Wie soll er heißen?«, frage ich.

Ich will hingehen, traue mich aber nicht. Er ist so nah an ihrem Körper. Angelica ist überall, es kommt mir vor, als würde sie das ganze Zimmer ausfüllen.

»Wir wissen's noch nicht so genau, hast du eine Idee?«

»Keine Ahnung, Karl-Alfred? Fritiof?«

Angelica kichert. Papa lächelt.

»Mal sehen«, sagt er. »Wo ist Mama?«

Komisch, wenn er das so sagt. Mama.

»Draußen. Vielleicht kommt sie gleich nach.«

Da fällt bei Papa endlich der Groschen, er streift sich seine Klamotten über. Angelica zieht die Bettdecke fast bis unters Kinn und versteckt Karl-Alfred darunter.

Als hätten sie Angst vor ihr. *Vor Mama.*

Dann sitzen wir da, Papa und ich, und als mein kleiner Bruder fertig gegessen hat, kommt Angelica mit ihm zu uns.

Kleiner Bruder. Na ja, so was in der Art.

Wir sitzen auf dem Bett, und ich halte ihn auf dem Schoß, bis er einschläft. Jetzt ist er ganz ruhig, und seine Ärmchen hängen auf meine Oberschenkel herab. Seine kleinen Beine sehen aus wie Froschschenkel. Das Einzige, was sich bewegt, ist die Zunge, die hinter seinem Schmollmund rotiert. Er hat kein richtiges Kinn, da ist eher so eine Art Kuhle zwischen Mund und Hals, ob das alles so richtig ist?

Angelica dreht uns den Rücken zu. Sie muss sich ausruhen, sagt Papa, die Geburt sei anstrengend gewesen, aber daran will ich nicht denken.

Papa ist total zerzaust. Zerzaust und überglücklich, und trotzdem kommen ihm die Tränen, als er mich ansieht, mir über den Rücken streicht und mir einen Kuss auf die Stirn drückt.

»Das ist dein kleiner Bruder. Du kümmerst dich doch bestimmt gut um ihn?«

Ich weiß nicht, was ich antworten soll. Er wird sich schon selbst um sein Baby kümmern müssen. Obwohl ich schon irgendwie will. Oder nicht?

»Er hat deine Lippen«, sagt Papa. »Man sieht, dass ihr miteinander verwandt seid.«

Lippen, ja.

Er fragt mich nach der Insel, und ich erzähle ihm von der Schnigge, der Hitze, den Vögeln. Vom Schnulzensänger, dem Schweinswal und von Opas Rhabarbersaft. Vom Pfeifengeruch und vom Rosenfink: »Pleased to meet you, pleased to meet you …«

Dann übersetze ich: »Schön, dich zu treffen, schön, dich zu treffen.«

»Gleichfalls«, sagt Papa und lacht so herzhaft, dass das Bett und das Baby darin schaukeln.

Ich muss an diese riesigen Brüste denken, die jetzt auch schaukeln. Voll mit Nahrung. Keine Ahnung, warum ich die Vorstellung so eklig finde.

Dann erzähle ich von Rut.

Natürlich nicht alles, nur, dass ich eine Freundin gefunden habe. Eine Freundin, die ganz anders ist als ich. Mir wird warm, als ich über sie spreche, aber es macht mir nichts aus, es ist besser, von allein zu erzählen, als ausgequetscht zu werden. Mir ist egal, ob man mir etwas ansieht. Na ja, fast.

Papa lächelt.

Er nimmt meine Hand, drückt sie ganz fest und sagt, er ist froh, dass es mir gut geht. Aber er übertreibt nicht und macht keine so große Sache daraus. Nicht wie Mama, die gleich losposaunen würde: »Oh mein Gooott, wie toll, erzähl mal!«

Er ist einfach froh, dass es mir gut geht. Keine Ratschläge, was ich machen und wie ich sein soll, nichts.

»Gut«, sagt er nur.

Und wie glücklich er ist, dass ich hier bin.

»Du hast mir sehr gefehlt, das sollst du wissen«, sagt er.

Er sieht mich an. Seine Augen sind jetzt trauriger, dunkler, glasiger.

»Du sollst wissen, dass –«

Plötzlich steht Mama in der Tür.

»Was für ein Sturm!«, lacht sie.

Es klingt künstlich.

Mama beugt sich zu Angelica hinunter und umarmt sie. Ich wusste nicht mal, dass sie sich schon kennen.

»Herzlichen Glückwunsch!«, sagt Mama. »Gut gemacht.«

Sie klingt so fröhlich, so aufgedreht. So falsch.

Ich spüre ein Stechen im Bauch. Mamas gespielte Freude macht mich wütend. Und gleichzeitig tut sie mir so verdammt leid. Ich hasse dieses Gefühl, Mitleid mit ihr zu haben.

Dann kommt sie zu mir und Papa an die Bettkante. Sie geht vor uns in die Hocke, betrachtet das kleine Etwas und tätschelt seinen Kopf.

Dann drückt sie mich ganz fest und anschließend Papa, etwas zaghafter. Die Blumen, die sie die ganze Zeit mit sich herumgeschleppt hat, legt sie auf den Nachttischwagen. Dann sagt sie, sie wartet draußen auf mich. Sie schafft es kaum, sich umzudrehen, bevor sie in Tränen ausbricht.

Papa ruft ihren Namen, aber schon knallt die Tür zu, und Mama ist weg.

Danach fühlt sich alles ruhig und friedlich an, obwohl die Bäume immer noch rauschen und der Wind die Wolken über den Himmel treibt.

Mama und ich sitzen im Bus, und ich bin erleichtert, dass das Krankenhaus hinter uns immer kleiner wird. Da drinnen liegt Papa in einem zerwühlten Bett, und Karl-Alfred nuckelt an Angelicas müdem, nahrhaftem Körper. Mein Bruder. Mit meinen Lippen.

Die Mutter meines kleinen Bruders kenne ich nicht.

Sie kennt mich nicht. Wird mich vielleicht nie kennen.

»Warum hast du geweint?«, frage ich.

»Ach, das ist alles so seltsam«, antwortet Mama. Sie atmet tief durch und wischt hastig die kleine Träne weg, die sich aus ihrem Augenwinkel zwängt.

Sie schluckt. Atmet, schluckt wieder.

»Es ist so seltsam, dich mit deinem kleinen Bruder zu sehen. Mit einem neugeborenen Baby, mit dem ich nicht das Geringste zu tun hab. Weißt du, ich hab dich in den letzten Wochen so vermisst. Es tat mir so leid, dass ich dich auf der Insel allein gelassen hab, aber du hattest doch eine gute Zeit, oder?«

»Es ist wirklich seltsam. Dass Papa … dass er jetzt da liegt. Mit einem … mit einer … neuen Familie.«

»Seltsam, ja. So verdammt seltsam.«

Sie lacht, dreht sich von mir weg und schaut aus dem Fenster. Bestimmt weint sie wieder. Bestimmt ist es schlimmer, wenn sie mich ansieht. Wenn sie spricht.

Aber sie macht weiter, auch wenn sie sich ein bisschen verhaspelt. Sie macht weiter: »Aber weißt du was? Wir haben ja uns. Wir zwei haben immer noch uns. Und wir haben Papa. Wir sind immer noch eine Familie. Stimmt doch, oder?«

In meinem Bauch sticht es wieder.

Sie sagt es noch mal. Dass wir immer noch eine Familie sind, nur ein bisschen anders.

»Ja, ein bisschen anders. Aber er hat dich noch genauso lieb wie früher, das weißt du doch. Und Papa und ich haben dich zusammen, davon kann keiner von uns, wie soll ich sagen, loskommen.«

»Nee, könnt ihr auch nicht«, sage ich, und da lacht sie.

Mama lacht und weint, während der Bus im Wind bebt, und draußen auf dem Bürgersteig liegen umgestürzte Schilder und Müll, und die wenigen Menschen, die sich inzwischen aus dem Haus gewagt haben, müssen durch die Luft flatternden Zeitungen ausweichen.

Wenn wir tatsächlich noch eine Familie sind, nur ein bisschen anders, dann müssen sie es mir beweisen, sage ich. Ich will, dass wir zusammen Pizza essen gehen, wie früher. Und danach will ich wieder raus auf die Insel und dort bleiben, bis die Schule losgeht.

»Ja, ja«, sagt sie nur. »Natürlich machen wir das. Natürlich darfst du das. Wenn du das willst.«

Dann seufzt sie wieder.

»Aber ich werde dich vermissen.«

Und sie lacht. Und ich auch.

Wir lachen immer noch, als wir zu Hause die Tür aufschließen und Opa fragt, wie es war.

»Er war so klein«, sage ich. »Mein kleiner Bruder ist klein, und er wird Karl-Alfred heißen, und er hat meine Lippen.«

Der Sturm ist abgeflaut«, sagt Opa, als wir am Abend Tee trinken. »Ich vermute, die Schiffe fahren wieder.«

Und ich verstehe, was er damit sagen will. Er fährt wieder nach Hause. Und ich bleibe hier. Weil ich es versprochen habe.

»Okay«, sage ich nur und starre in meine Tasse.

Aber dann hustet er, und ich blicke auf.

»Du kommst doch bald nach, Käpt'n.«

Während er das sagt, wackeln seine Riesenaugenbrauen, als wollten sie mir zuwinken. Ich versuche, gefasst zu wirken. Aber die Tränen sind längst auf dem Weg.

»Ja«, sage ich. »Ich komme bald nach.«

Dann steht Opa auf, um seinen karierten Koffer zu packen. Hier in unserer Wohnung sieht er so alt aus. So müde, irgendwie ausgelaugt. Grau. Er braucht zum Leben die Insel, denke ich, das Meer, die salzige Luft, die Vögel. Ich lasse ihn gehen und starre noch ein bisschen in meine leere Teetasse.

Auf dem Weg in mein Zimmer bleibe ich im Flur stehen und betrachte mich in dem großen Spiegel. Meine Haare stehen wild in alle Richtungen ab, wie Flammen, sie scheinen die Sonne und das Meerwasser genossen zu haben. Mein gepunktetes Nachthemd, das mir im Frühling noch gepasst hat, ist jetzt zu klein, und die Beine, die darunter hervorgucken, sind voller Sommersprossen und blauer Flecke. Sie sehen stärker aus.

Zäher. Nicht mehr so krumm und komisch. Alles wächst und verändert sich. Mein Gesicht ist rot und verweint, und meine Lippen sind trocken und ein bisschen rissig. Die Lippen, ja, die weichen Lippen …

Als ich an Opa vorbeikomme, faltet er gerade seine Sachen zusammen. Wir beachten uns nicht weiter.

Später weine ich wieder. Weil Papa so nah und so weit weg ist. Weil Opa Richtung Insel verschwindet. Weil Mama wieder einsam ist. Weil der Herbst immer näher kommt.

Am nächsten Morgen, als ich mich angezogen und das Bett gemacht habe, klopft Opa an meine Tür. Hinter ihm sehe ich Mama. Sie flitzt durch die Wohnung und sucht irgendwas, wie immer.

»Bringst du mich zum Bahnhof?«, fragt Opa.

Als wir durch den Park gehen, rasen die Wolken weiter über den Himmel, und die Bäume versuchen, nicht umzustürzen. Aber etwas ist anders. Es wird heller.

Mama, Opa und ich stemmen uns gegen den Wind und gehen nebeneinanderher. Vorbei an dem Laden, wo Papa mir nach der Schule immer ein Eis gekauft hat. Durch den Park, in dem Kalle und ich Piratenschiffe hatten, bis er vor einer halben Ewigkeit wegzog. Vorbei an den Büschen, die im Frühling voll mit duftenden weißen Blüten sind und vor denen Papa oft auf mich gewartet hat, vorbei an dem kleinen Waldweg Richtung Bach, wo ich Fahrrad fahren gelernt hab – ich kann mich noch genau daran erinnern. Papa jubelte und schrie, und auf dem

Gepäckträger saß mein Plüschkaninchen, das Sune hieß. Ich habe Sune heiß und innig geliebt, bis er unter geheimnisvollen Umständen verschwand, als ich in die Zweite oder Dritte kam. Ein Riesendrama. Bei dem Gedanken an Sune hab ich immer noch ein komisches Gefühl im Bauch, und ich könnte sofort losheulen.

Ich nehme Opas Hand, und so gehen wir nebeneinanderher. Das machen wir sonst nie, aber hier fühlt es sich selbstverständlich an.

Auf der anderen Straßenseite taucht das Café Zenit auf.

Dort hab ich Angelica das erste Mal gesehen. Der Schal, der Geruch.

Zwischendurch versucht Mama, ein Gespräch anzufangen, aber Opa und ich schweigen.

Mama und ich kümmern uns darum, dass Opa das richtige Gleis findet, und dann fragt sie zum dritten Mal, ob er auch die Butterbrote eingesteckt hat. Ich frage, ob er seine Pfeife hat. Seit wir die Insel verlassen haben, hab ich ihn nicht ein Mal rauchen sehen.

»Die ist zu Hause geblieben«, sagt er. »Auf dem Festland gibt's schon genug Rauch.«

Ich bekomme eine dicke Umarmung, und Mama bekommt auch eine. Opa sagt, ich soll Papa und den Kleinen grüßen, und wenn ich wieder auf der Insel bin, gibt's Krabben.

Wenn ich wieder auf der Insel bin.

Papa hat sich verändert. Früher hat er immer sofort die vegetarische Pizza ohne Oliven bestellt. Aber jetzt studiert er die Speisekarte und murmelt vor sich hin.

»Vielleicht sollte ich mir die Frutti di Mare gönnen«, sagt er, »zur Feier des Tages.«

Mama und ich sind baff.

»Da sind Muscheln drauf«, sagt Mama.

»Und Krabben«, füge ich hinzu und denke natürlich sofort an Rut.

»Ich weiß, was Frutti di Mare bedeutet«, sagt Papa, »Meeresobstsalat.«

»Na ja, Salat stimmt nicht ganz, aber so ungefähr«, sagt Mama.

Wir sitzen in der Pizzeria, die ganze Familie. Papa bestellt eine Frutti di Mare und ein großes Bier, Mama die Napoletana und ein großes Bier, und ich nehme eine Margherita und eine Cola.

Auf dem Tisch brennen Kerzen. An der Wand hängt ein Bildschirm, auf dem ein Fußballspiel läuft, aber ohne Ton. Wir sind allein hier, abgesehen von dem schnurrbärtigen Pizzabäcker. Er scheint uns wiederzuerkennen, obwohl das letzte Mal eine Ewigkeit her sein muss. Er lächelt, aber vielleicht macht er das bei allen Gästen so.

Den Lolli zum Abschied kann er sich jetzt aber sparen.

»Also, du isst plötzlich Fleisch? Und Meeresfrüchte? Ich dachte, du hasst Meeresfrüchte?«

Mama sieht Papa ungläubig an.

»Na ja, was heißt plötzlich?«, antwortet er. »Man darf ja wohl seine Gewohnheiten ändern.«

Mama schnaubt nur.

Danach reden wir über alles Mögliche. Über Opa und die Insel, Mamas Arbeit und Angelica und Karl-Alfred.

»Na ja, es wird wohl ein anderer Name«, sagt Papa. »Angelica mag Charlie.«

Er schaut uns nervös an, als würde er gern unsere Meinung hören, sich aber gleichzeitig davor fürchten. Als wollte er unser Einverständnis.

Mama sieht ihn müde an und sagt, sie will sich nicht einmischen.

»Aber ein schöner Name ist das nicht!«, fügt sie noch hinzu.

Ich schreie Papa fast an. *Charlie geht gar nicht!*

»Unter keinen Umständen!«

Das sagt Papa immer, wenn er streng wird.

»Aber Charlie ist doch fast schon ein Spitzname für Karl-Alfred«, sagt Papa vorsichtig.

»Ein grässlicher Name ist das«, sage ich, und Mama stimmt mir zu.

»Scheußlich.«

Nach ein bisschen Herumgedruckse gesteht Papa, dass er sich selber noch nicht mit Charlie angefreundet hat.

»Ist das nicht eher ein Name für einen Hund?«, flüstert er, als würden wir belauscht.

»Jepp«, sagt Mama. »Für so einen kleinen Rattenhund, wie heißen die noch mal …«

»Chihuahua!«, sage ich, und plötzlich fühlt es sich an, als wären wir wieder zu dritt.

Wir drei gegen Angelica und den Rest der Welt. Wir drei, die sich einig sind. Charlie ist ein Name für einen Chihuahua, über den man auf dem Bürgersteig stolpert. Wir lachen.

Dann reden wir über Rut.

Mama und Papa fragen mich aus, und ich merke, wie sie einander über den Tisch hinweg zulächeln, und dann bestellt Papa noch zwei Bier und eine Cola und besteht darauf, dass wir noch bleiben. Er fühlt sich wohl. Und weil er so glücklich wirkt und weil Mama und er zusammen lachen, lasse ich sie. Sie stellen Fragen, ich antworte. Aber von dem Kuss erzähle ich nichts. Oder davon, dass mein ganzer Körper kribbelt, wenn ich ihren Namen höre.

Sie würden mir eh nicht glauben, dass ich tatsächlich jemanden geküsst habe.

Niemand spricht vom Herbst, von der neuen Schule oder meinem neuen Zimmer. Niemand sagt, alles wird wieder gut. Niemand verspricht etwas.

Weil gerade alles gut ist. Genau jetzt ist es einfach so verdammt schön, hier zu sitzen.

Als wir aufbrechen, ist es draußen fast schon dunkel. An den

Tischen ringsum sitzen jetzt ein paar Familien, und der Pizzabäcker hat alle Hände voll zu tun. Er lächelt uns nur zu und winkt. Vielleicht hat er uns drei zum letzten Mal zusammen gesehen, denke ich.

Mama und Papa umarmen sich zum Abschied, und bevor Papa in die Straßenbahn steigt, drückt er mich noch ganz fest und hebt mich sogar hoch, als wäre ich ein kleines Neugeborenes. Heute Abend darf er das, aber nur ausnahmsweise.

»Hab dich lieb, Vinga«, flüstert er mir ins Ohr. »Versprich mir, dass du ganz bald nach Hause kommst.«

Nach Hause.

Meine Augen füllen sich mit Tränen, und ich winke wie eine Verrückte der Straßenbahn hinterher, die Papa nach Hause bringt, ins Stadtzentrum, zur Wohnung mit dem Balkon und den Tomaten und meinem kleinen Bruder und einer glücklichen Mama.

Mein neues Zimmer hab ich immer noch nicht gesehen.

Auf dem Heimweg singe ich im Kopf:

Hat man auf einem Fest so viel Spaß,
will man gar nicht mehr gehen.

DIE JUNGFERNFAHRT

Endlich!

Jetzt sitzen wir wieder zusammen am Küchentisch, und im Papierkorb in der Ecke türmen sich die Krabbenschalen, die geben wir später den Vögeln.

Jetzt schüttet Opa sich noch ein Schnäpschen ein – »für Karl-Alfred«, sagt er –, und die Pfeife liegt fertig gestopft auf dem Tisch. Jetzt halten wir wieder die Klappe und sind zufrieden damit.

Jetzt läuft im Radio der Seewetterbericht. Jetzt ist der Sommer zurück, und die Wolken haben sich verzogen, aber die Pflanzen haben Regen bekommen und fühlen sich pudelwohl. Jetzt fliegen wieder die üblichen Seevögel über die Insel, und unsere Schiffermützen hängen an ihren Haken.

Jetzt wartet Opas Anzug an seinem Platz unter der Dachbodenstiege auf die nächste Mittwochskneipe. Jetzt holt Opa das Schachspiel hervor, höchste Zeit, dass ich gewinne, sagt er, aber am Ende schaut er mich mal wieder resigniert an und sagt: »Schach!«, während ich mich am Kopf kratze.

Jetzt öffnen wir die Tür zum Garten, schnuppern frische Luft, und hinterm Holzschuppen blökt eins der Schafe.

Jetzt ist alles so, wie es sein soll.

Am nächsten Morgen ist alles wie immer. Als ich aufwache, sitzt Opa am Tisch, und das Radio läuft. Der Brei blubbert auf dem Holzofen. Draußen vorm Fenster steht die Sonne hoch am wolkenfreien Himmel, und die Hitze drückt wieder.

»Morgen«, murmelt Opa und dreht das Radio leiser. Ja, alles ist wie immer.

Wir frühstücken ohne Small Talk, und danach gehe ich raus aufs Plumpsklo und beobachte die Vögel, die um den Fliederbaum flattern. Versuche, ihre Namen aufzusagen: Blaumeise, Kohlmeise, Bluthänfling ... aber eigentlich hab ich keine Ahnung.

Opa und ich rödeln noch ein bisschen im Haus herum, und dann sagt er, wir sollten schauen, wie die Schnigge den Sturm überstanden hat. Und wie wir das sollten!

Schon auf dem Weg nach unten sehe ich sie. Das schmale Schattenmädchen. Das Mädchen, das Opa Engel nennt.

Rut.

Ich hab sie vermisst. Die ganze Zeit war sie in meinen Gedanken, und ich konnte es kaum erwarten, sie endlich wiederzusehen.

Und trotzdem: die Angst, wie es sein wird.

Rut steht am Boot und winkt mir zu. Ich sehe zu Opa, der hinter mir die Treppe runterkommt. Er lächelt.

Mein Herz pocht wie wild, mir wird warm im Bauch, und es kribbelt überall. Wegen allem Möglichen, zum Beispiel wegen der Ewigkeit und der Unendlichkeit.

Ich schaue noch mal zu Opa, und als er mir zunickt, renne ich los.

Meine Füße haben sich an die runden Steine und Muschelschalen gewöhnt. Dass es ein bisschen wehtut, macht mir nichts aus.

Sollen meine Füße ruhig bluten.

Als ich beim Boot ankomme, lächelt Rut. Es ist komisch, sie wiederzusehen, dieses Gefühl, wenn man nicht weiß, was man sagen soll, aber dann streicht sie mir über den Arm, als hätte sich nichts verändert. Nur ihr Lächeln ist anders.

Dann kommt Opa.

»Na, sollen wir's ihr zeigen?«, fragt er.

Er sieht Rut an.

Sie nickt, und dann reißen sie die Plane weg.

Ich mache große Augen. Ich weiß genau, wie die Schnigge aussah, als ich in die Stadt gefahren bin. Ich weiß genau, was noch zu tun war. Aber jetzt liegt sie fix und fertig vor mir. Ich spüre, wie Opa und Rut mich erwartungsvoll ansehen, aber ich kriege nichts heraus. Stehe einfach nur da und mache große Augen.

Nach einer Weile bricht Opa das Schweigen.

»Zeit für die Jungfernfahrt!«

Ich bin glücklich, natürlich. Ich freue mich über die Schnigge, bin aber auch total verwirrt. Opa und Rut stehen hier vor mir und sehen mal mich, mal einander an, mit einem verschwörerischen Lächeln auf den Lippen. Dann erzählen sie, wie es dazu gekommen ist:

Sobald Opa wieder auf der Insel war, ist er schnurstracks zu Rut gegangen und hat sie um Hilfe gebeten, die Schnigge fertig zu machen. Als Überraschung für mich.

Drei Tage lang haben sie von früh bis spät geschwitzt und geschuftet, sagt Opa.

Und Rut erzählt, dass der Schnulzensänger ihnen Gesellschaft geleistet hat und dass sie ihn mit Eierbroten gefüttert haben.

Ja, ich bin glücklich, aber … die zwei?

Rut war mein Geheimnis. Jemand, den nur ich kenne. Außerdem kann ich mir die beiden überhaupt nicht miteinander vorstellen. Worüber haben sie geredet, wenn sie überhaupt geredet haben? Mein schräger Opa und Rut – was für ein seltsames Paar, und das alles nur für mich …

»Wir hatten einen Riesenspaß«, sagt Opa.

»Es war megaanstrengend«, sagt Rut, und es fühlt sich gut an, das zu hören. »Der Typ ist ein richtiger Sklaventreiber.«

Sie nickt zu Opa.

Eine Gefängniswärterin und ein Sklaventreiber …

»Ein Riesenspaß«, grummelt Opa noch mal und versucht, seine Haare zu bändigen.

Wir riggen das Boot auf, setzen den Mast und hissen das Segel. Spannen die Wanten stramm. Opa erklärt, dass Ylva mit dem Traktor hier war und Pfähle ausgelegt hat, damit wir die Schnigge zum Wasser schieben können, wie über eine Rampe. Trotzdem kommen wir kaum vorwärts. Und Rut steht nur daneben und lässt die Arme hängen, als wollte sie es nicht mal versuchen.

»Komm schon!«, ruft Opa ihr zu und stemmt sich gegen die Schnigge.

Rut seufzt, und als sie schließlich mit anpackt, merken wir zunächst fast keinen Unterschied.

Aber schließlich schaukelt die Schnigge im Wasser. Wir müssen ein Stück reinwaten, und dann hab ich keine Ahnung, wie man sich über die Reling hieven soll. Doch mein alter, knochiger Opa schafft es natürlich auf Anhieb, bei ihm sieht es sogar ganz leicht aus.

»Kommt du gar nicht mit?«, rufe ich Rut zu.

Sie schüttelt den Kopf und sieht mich panisch an.

»Hallo? Hast du vergessen, dass ich das Meer *hasse*? Ich warte hier.«

Opa und ich tauschen einen Blick und lachen.

Und dann gleiten wir mit der Schnigge übers spiegelglatte Meer. Es ist vollkommen windstill, dabei hatte ich mir doch erträumt, dass wir bis zum Horizont und noch weiter segeln würden … stattdessen bleiben wir so nah am Ufer, dass wir der dünnen Schattenfigur mit dem Schlapphut jederzeit etwas zurufen könnten.

»Warten auf Wind«, murmelt Opa, und dann fängt er an zu summen:

Einmal war das Meer eine Wüste in Blau,
Und kein Vogel kreiste unter den Wolken.

Das Segel hängt schlaff herunter, und wir brutzeln in der Sonne. Ziemlich schnell kommen wir uns eher wie Schiffbrüchige vor, und zum Ufer müssen wir rudern.

Und trotzdem, das war unsere Jungfernfahrt.

Danach gehe ich fast jeden Tag segeln. Wir haben die Schnigge direkt an der Uferlinie vertäut.

»Solange das Wetter sich hält …«, hat Opa gesagt und den Blick übers Meer und den Himmel gleiten lassen.

Wenn ich zum Strand zurückrudere, wartet fast immer Rut auf mich. Oft sehe ich sie schon aus der Ferne, als kleinen schwarzen Punkt an der Klippe. Sie klettert hoch und runter, zum Leuchtturm rauf und wieder zurück. Von Weitem sieht das lebensgefährlich aus, aber wenn ich mich dem Ufer nähere, steht sie schon da und lebt und winkt mir zu.

Dann spüre ich es wieder im Bauch. Das Gefühl, dass es jemanden gibt, der auf mich wartet. Der Zeit mit mir verbringen will. So jemanden gab es noch nie, nicht so.

Seit dem Sturm hat sich die Lage auf dem Festland beruhigt, die italienischen Feuerwehrmänner sind wieder nach Hause gefahren, nur das Grillverbot besteht noch. Die Glut in meinem Inneren knistert trotzdem weiter, aber immerhin etwas leiser.

Oft spazieren wir über den Strand und kicken Steinchen und Muscheln vor uns her.

Rut jammert immer noch ziemlich viel, aber so ist sie eben. Sie jammert, weil man hier draußen so wenig unternehmen kann. Weil sie auf so vieles verzichten muss. Weil ihre Oma sie zwingt, im Laden zu helfen, und weil es in der Stadt so viel toller ist.

Weil es auf dieser zurückgebliebenen Insel kein ordentliches Internet gibt.

Wenn sie das sagt, spüre ich immer einen Stich. Weil sie hier so unzufrieden ist, mit allem, was für mich das Allerbeste ist.

Jedes Mal, wenn wir den Strand entlangschlendern, erzählt sie mir von ihrem Leben in der Stadt, und ich weiß nie, ob ich das überhaupt hören will. Sie lacht, wenn ich von meinem kleinen Bruder spreche, und kann überhaupt nicht verstehen, was ich gegen den Namen Charlie habe.

»Klingt doch süß«, sagt sie. Und dass sie ihn gern mal treffen würde.

Sie fragt, ob wir uns ähnlich sehen.

»Nicht besonders«, sage ich. »Aber er hat meine Lippen.«

»Gut«, sagt sie da, und wir bleiben am Fuß der Treppe stehen und umarmen uns zum Abschied.

»Vielleicht bis morgen«, sage ich, »oder bis heute Abend auf der Klippe.« Und dass sie Opa und mich mal besuchen kommen kann, wenn sie Lust hat. Aber sie antwortete nur »Mal sehen«, und ich glaube, sie meint damit alles. Ich nicke nur. Und gehe die Treppe hoch.

Ich drehe mich nie um, um ihr zu winken. Ich gehe einfach rauf, zum Haus und zu Opa, und dann ist alles, wie es sein soll. Manchmal ist es ganz schön, allein zu sein.

So dürfte die Geschichte von diesem Sommer gerne enden.

Aber das tut sie nicht.

OPA

Rut und ich finden ihn.

Es ist Nachmittag, die Hitze brennt. Die Vögel sitzen da wie ausgestopft, und das Meer verschwimmt mit dem Himmel zu einem endlosen, unbewegten Blau. Die Luft ist schwer, wir schwitzen und schleppen uns die Treppe hoch, rauf zum weißen Haus.

Rut kommt fast nie mit, aber heute geht es um Leben und Tod. Wir brauchen dringend Opas Rhabarbersaft.

Opa liegt auf einer Decke unterm Fliederbaum und ruht sich aus. Das tut er jetzt fast immer.

»Hey, Opa, wir wollten uns nur ein Glas Rhabarbersaft holen.«

»Psst, er schläft!«, flüstert Rut und kichert, als hätte ich irgendwas Komisches gemacht.

Drinnen im Haus läuft das Radio, ein Einsatzleiter erklärt gerade, sein Team hätte vorbildliche Arbeit geleistet, dann kommen ein Minister und ein verärgerter Waldbesitzer zu Wort.

Rut entdeckt das Schachspiel, das noch von gestern auf dem Tisch steht. Schachmatt für Weiß, wie immer.

»Du spielst?«, fragt Rut.

»Nur mit Opa.«

»Cool! Spielen wir mal ’ne Partie?«

Jetzt kenne ich doch noch jemanden, der Schach mag.

»Wir wär’s mit heute Abend?«, frage ich.

»Deal.«

Rut betrachtet das Schachbrett, als könnte sie jeden einzelnen Zug nachvollziehen. Ich kriege ein bisschen Muffensausen, was, wenn sie richtig gut ist?

Ich nehme die Karaffe aus dem Kühlschrank, schnappe mir drei Gläser, gehe nach draußen und setze mich zu Opa auf die Decke.

»Opa«, sage ich und stupse ihn sanft an der Schulter an. »Opa, willst du auch ein Glas?«

Ich sehe zum Haus, zu Rut. Sie steht auf der Vordertreppe, die Haare hängen ihr ins Gesicht, und ihre Augen sind weit aufgerissen. Sie sieht ängstlich aus.

Da spüre ich einen Stich, tief in mir drin.

Vorsichtig hebe ich die Mütze an, die Opa sich tief ins Gesicht gezogen hat, streiche über seine pieksige Wange.

»Opa?«

Rut kommt zu uns und beugt sich über Opas Gesicht. Dann klopft sie ihm mit der flachen Hand kräftig auf die Wange.

»Was machst du da?!«, schreie ich. Sofort steigen mir Tränen in die Augen, und in meiner Brust hämmert es. Schnelle, harte Schläge.

»Vinga, verstehst du nicht? Er wacht nicht auf.«

»Nein, weil er ganz tief schläft!«, schreie ich. »Das macht er immer. Er schläft. Lass ihn in Ruhe!«

»Er schläft nicht, Vinga«, sagt Rut leise. »Er ist tot.«

Da höre ich den Rosenfink. Ich weiß sofort, dass es nicht irgendein Vogel ist. Es ist der Rosenfink. Eigentlich sollte er so spät im Sommer nicht mehr singen, das hat Opa mir erklärt, aber ich höre ihn, ich weiß, dass ich ihn höre!

»Ich hole Ylva!«, sagt Rut. »Ich beeile mich.«

Aber ich höre nur: *Pleased to meet you.*

Dann liege ich da, den Kopf an Opas Schulter, meine Tränen durchnässen sein Hemd. Seine Brust hebt sich nicht mehr. Sie ist genauso still wie das Meer hinter der Klippe. Alles ist still. Die Schafe stehen auf der Koppel und glotzen, und die Sonne sticht, wie immer. Licht sickert durch die Blätter des Fliederbaums und malt helle Pünktchen auf Opas Körper. Aber obwohl ringsherum die Sonne scheint, friere ich. Ich bibbere und friere und weine.

Der Rosenfink ist so nah, dass es in den Ohren wehtut.

Pleased to meet you.

Ich liege da und hoffe, dass es noch dauert, bis Rut mit Ylva zurückkommt. Oder wer auch immer kommen wird.

Denn jetzt bin ich bei Opa. Zum letzten Mal.

Zum letzten Mal sind Opa und ich zusammen.

In dem Körper, der neben mir liegt, ist kein Leben mehr, und trotzdem spüre ich, dass Opa bei mir ist.

»Opa«, flüstere ich. »Opa.«

Und ich weiß, dass er mich hört. Er muss mich einfach hören.

»Opa, was hätte ich diesen Sommer nur ohne dich gemacht?«, Ich bin froh, dass mich niemand sonst hört.

Trotzdem flüstere ich.

»Opa. Danke.«

Als ich Ylvas Quad höre, drücke ich Opa so fest, wie ich

kann, und lege meine Hände an seine pieksigen Wangen. Ich drücke ihm einen Kuss auf den Mund. Er ist kalt und tot. Aber es ist trotzdem Opas Mund.

Dann schreie ich. Einfach drauflos.

Ich liege da und schreie, bis ich Ruts dünne Arme um mich spüre und aus dem Augenwinkel sehe, wie Ylva langsam auf uns zukommt und Opas Puls fühlt.

»Bengtsson muss jeden Moment hier sein«, sagt sie und nimmt ihre Mütze ab. An ihren Wangen laufen dicke Tränen herunter und fallen ins vertrocknete gelbe Gras.

Bengtsson ist der Inseldoktor.

Als ob der jetzt noch was machen könnte.

Der Rosenfink ist verstummt. Oder weggeflogen oder tot.

Am Abend kam Mama.

Ich hatte den ganzen Tag in Ylvas Küche gesessen, die Gerüche wahrgenommen und an all die Male gedacht, die Opa und ich hier gewesen waren, um Mama anzurufen.

Rumsitzen und reden.

Ylva versuchte, mich zu trösten, aber ich weinte nur. Rut war auch da. Sie saß neben mir auf der Küchenbank und hielt mich im Arm.

Ich weinte und konnte nicht aufhören, und immer wieder dachte ich, dass das alles nicht wahr sein konnte. Dass ich nur einen Albtraum hatte. Aber jedes Mal wurde mir wieder klar, dass es doch stimmte, und dann kam die Panik, und ich wollte nur noch schreien.

Am Abend setzte Ylva mich auf das Quad, und wir fuhren zum Hafen. Mama kam mit der letzten Fähre, es dämmerte schon. Als wir am Großen Wald vorbeikamen, drehte ich mich um und konnte in der Ferne das Dach von Opas kleinem weißen Haus erkennen. Die Abendsonne stand niedrig, und in dem funkelnden Licht sah das Haus so lebendig aus.

Der Fahrtwind blies die Tränen von meinen Wangen, und links und rechts flogen Vögel aus den Büschen auf.

»Ach, Liebling, das sollte nicht passieren.«

Das war das Erste, was Mama sagte, noch bevor wir uns umarmten. Ich konnte nichts antworten. Dass sie mich Liebling nannte, war ausnahmsweise egal. Es spielte keine Rolle.

Ylva stand neben uns und sah traurig aus. Die Latzhosenmänner, die vorbeischlurften, murmelten etwas und nahmen ihre Mützen ab. Sogar der goldbestickte Kapitän kam von der Fähre und schüttelte mir die Hand.

»Mein Beileid«, sagte er. »Dein Opa war ein echter Seemann.«

Im Gegensatz zu dir, dachte ich, hielt aber die Klappe.

Ja, alle wirkten traurig. Alle trauerten. Alle wussten, dass mein Opa tot war. Tot.

An diesem Abend fiel der Seewetterbericht für uns aus. An diesem Abend gab es keine Pfeife, keinen Tee. Mama und ich legten uns früh in Opas Bett, in das ungewaschene Bettzeug, das nach Tabak roch.

An diesem Abend war es unmöglich, einzuschlafen.

»Papa lässt dich ganz lieb grüßen«, flüsterte Mama, ihr Mund ganz nah an meinem Ohr.

»Mhm.«

»Er vermisst dich sehr und denkt die ganze Zeit an dich«, sagte sie.

»Und warum ist er dann nicht auch hier?«

»Erinnerst du dich an deinen kleinen Bruder?«

»Mhm, Karl-Alfred.«

Sie lachte.

»Ich fürchte, er kriegt doch den Hundenamen.«

Echt jetzt? Charlie? Wie ein kleiner beknackter Chihuahua?

Dabei hatte ich doch gerade erst beschlossen, meinen kleinen Bruder, der den gleichen Kussmund hatte wie ich, zu mögen.

Für mich wird er immer Karl-Alfred heißen, dachte ich. Egal, was Angelica sagt.

Dann muss ich doch eingeschlafen sein.

Dann kam die Beerdigung.

An den Tagen davor gab es eine Menge zu erledigen, und Mama saß die meiste Zeit bei Ylva, den Telefonhörer ans Ohr geklebt. Ständig kamen Leute aus dem Dorf, um uns ihr Beileid auszusprechen.

Es war anstrengend.

Rut kam auch. Aber wir sprachen nicht viel über Opa, eigentlich gar nicht. Wir spielten Schach.

Wir trugen den kleinen Gartentisch hinters Haus, wo der Fliederbaum stand und alles ein bisschen normaler war. Und dann spielten wir. Ziemlich auf Augenhöhe, aber ich glaube, Rut ließ mich öfter aus Mitleid gewinnen, denn am Ende sagte meistens ich Schachmatt. Es war ungewohnt.

Manchmal kamen mir die Tränen, und ich ließ sie laufen. Es war ja Rut, die mir gegenübersaß.

Ja, am Ende brauchte Opa doch noch seinen kompletten Sonntagsanzug. Mit Schlips und Landgangschuhen. Er wurde mit der Schiffermütze auf dem Kopf begraben.

Die Kirche war voll bis auf den letzten Platz, die ganze Insel war gekommen. Manche mussten sogar stehen. Ich hatte nicht mal gewusst, dass überhaupt so viele Menschen hier draußen lebten. Und dass sie alle auch Sonntagsklamotten in ihren kleinen Häuschen hängen hatten. Ich saß zwischen Mama und Rut und verbrauchte drei von Opas Stofftaschentüchern. So viel Schnodder, so viele Tränen.

Als alle aufstanden, um zu singen, blieb ich sitzen.

»Ist schon gut«, sagte Mama. »Du musst nicht.«

Lehr', Wald, mich scheiden aus der Welt,
froh, wie im Herbst dein Laub abfällt.
Ein schöner Lenz wird tagen.
Dann wird mein Baum mit frischem Grün
und ew'gem Sommer fröhlich blühn
und tiefe Wurzeln schlagen.

Da musste Rut auch weinen. Und ihre Oma schluchzte und klang dabei wie ein Schwein.

Anschließend durften wir zum Sarg gehen und Abschied nehmen. Mama stand lange da vorn, strich mit der Hand über das weiße Holz und flüsterte ihrem Vater etwas zu, das sonst niemand hörte.

Ich legte Opas Pfeife auf den Sarg und versuchte, *Pleased to meet you* zu pfeifen, brachte aber kaum mehr zustande als Schnodder und Tränen, Tränen und Schnodder.

Papa war nicht gekommen. Nach dem Gottesdienst telefonierten wir, und er versprach, dass der Name noch nicht in Stein gemeißelt war.

»So kann er nicht heißen«, sagte ich.

»Ich denke an dich, ich will, dass du das weißt«, sagte er.

»Gut.«

»Dein Zimmer ist fast fertig.«

»Okay.«

Später gab es Kaffee in der Mittwochskneipenscheune. Alle wollten mit Mama sprechen, und man hörte überall ein leises, bedrücktes Gemurmel. Es war schöner, wenn die Leute Bier tranken und Ylva hinter der Bar stand.

Rut und ich saßen hinten in der Ecke, wo ich sie zum ersten Mal gesehen hatte.

Ich schaute zu Mama, die mit ihrer Kaffeetasse ein paar Meter entfernt stand. Sie sah plötzlich so alt aus zwischen den fein herausgeputzten Inselbewohnern, die sich ausnahmsweise gekämmt hatten. Opa fehlte an ihrer Seite. Er hätte neben ihr stehen und sich über den Small Talk ärgern sollen, aber Mama war jetzt allein. Sie hatte ihren Papa verloren, für immer, und das war einfach nur traurig. Mein Papa war wenigstens irgendwo auf der anderen Seite des Meers, ich konnte immer mit ihm telefonieren …

Plötzlich tippte Rut mich an und nickte zur offenen Tür – draußen glitzerte das Sommermeer. Wir schlichen uns leise hinaus und gingen zum Hafen runter. Arm in Arm.

Im Dorf war nichts los. Alle waren bei der Beerdigung. Der Inselladen war geschlossen, und nur ein paar Touristen standen mit fragenden Gesichtern vor dem Schwarzen Brett.

Rut und ich setzten uns auf den Bootssteg, sahen aufs Wasser hinaus, und ich überlegte, wie es sein würde. Im Herbst. In der Stadt. Wo sie ihre Clique und das Klettern und was sonst noch alles hatte.

Ich fragte sie nicht. Saß einfach da und grübelte und hielt ihre Hand in meiner.

Den ewigen Sommer gibt es nicht. Sommer gehen vorbei, und dann kommt der Herbst mit roten Blättern, beißender Kälte und einem dunklen Himmel über dem Park in der Stadt. Mit Träumen vom Meer, das es hinter den Schulfenstern nicht gibt.

Auch dieser Sommer wird bald vorbei sein. Bald fahren wir mit der Fähre zum verdammten Festland, und vom Hafen geht's mit dem Auto nach Hause. Zu neuen Zimmern, sogenannten Klassenkameraden und kleinen Brüdern. Zu Erwachsenen, die einem Hobbys und Bücher aufschwatzen wollen. In der Stadt ist alles anders.

Hier draußen wird die Schnigge unter einer Plane liegen, allein und verlassen wie ein verlorenes Stoffkaninchen namens Sune.

Vielleicht war es der allerschlimmste Sommer. Vielleicht der allerbeste. Aber jetzt ist er vorbei.

Opa hat ein Grab bekommen.

Hier ruht ein Seemann.

Das »ruht« fand ich ein bisschen komisch, für mich klang das wie eine Lüge, aber Mama meint, auf einem Grabstein muss das so stehen.

Ich werde wohl nie beschreiben können, wie sehr ich Opa vermisse. Mama sagt, man gewöhnt sich an das Gefühl, das sei das Gute an uns Menschen, dass wir uns an alles gewöhnen.

»Außer an Steine im Schuh«, hab ich da erwidert.

Mama verstand und lächelte.

Hier liegt ein Stein im Schuh, sollte auf dem Grabstein stehen, denn ich werde mich nie daran gewöhnen, dass Opa nicht mehr da ist.

Am letzten Abend auf der Insel sitze ich auf meiner Klippe.

Die Schiffermütze auf dem Kopf, das Herz am richtigen Fleck. Ich blicke aufs Meer, in die Unendlichkeit. Ein bisschen tröstet mich der Gedanke, dass ich mit der Schnigge lossegeln könnte, immer weiter, bis ich verschwinde.

Dann wäre Opa bei mir. Er ist irgendwo da draußen, bei den Walen und Riesentintenfischen. Der Seemann.

Der Seemann der Ewigkeit.

Ylva hat versprochen, ab und zu nach der Schnigge zu schauen.

Mama ist gerade im Haus und putzt noch mal durch.

Nächstes Jahr können wir die ganzen Ferien hier verbringen, hat sie gesagt. Und ich glaube, das will ich, auch wenn ich mir nicht vorstellen kann, wie das ohne Opa funktionieren soll. Es wird so leer sein. Und Papa? Kommt er mit? Angelica, Karl-Alfred? Na ja, Angelica wohl eher nicht.

Ylva wird sich jedenfalls ums Haus und den Garten kümmern und frische Blumen auf Opas Grab stellen.

Gestern hab ich Rut zum Hafen gebracht. Wir sind ein gutes Stück hinter den anderen gegangen.

»Bis bald in der Stadt«, hat sie gesagt, und ich dachte nur: Mal sehen.

Dann haben wir uns geküsst.

Sie zog mich hinter einen der Büsche bei der Bank, auf der die Latzhosenmänner immer sitzen. Auf einmal zerrte sie an meinem Arm, und dann standen wir hinter dem dichten Blattwerk, und sie drückte mich ganz fest, und ich drückte sie, und ich spürte wieder dieses Kribbeln im Bauch und die Wärme in den Wangen. Weiche Lippen, aufeinandergedrückt, offene Münder, Zungen, die sich trafen. Dass wir uns das getraut haben! Alle hätten uns sehen können. Ich hatte eine Riesenangst und hörte mein Herz schlagen.

Als wir aus unserem Versteck schlichen, standen die anderen schon unten am Anleger und hielten nervös nach uns Ausschau.

Da waren wir. Unter der sengenden Sonne, klitschnass geschwitzt. Mit verwuschelten Haaren und einem Prickeln in den Lippen und im Herzen.

Wir gingen Hand in Hand. Sie mit schwarzem Hut und Flatterhemd. Ich mit Leoshorts und Seemannshemd.

»Ich ruf dich an, versprochen!«

»Gut«, sagte ich und sah zu, wie die Fähre vom Steg wegglitt.

Vom Albatros war weit und breit keine Spur, und trotzdem kamen am Abend Regentropfen.

Und Tränen.

Als ich meinen Platz auf der Klippe verlasse und zu Mama gehe, ist im Haus noch alles nass vom Putzwasser.

Keine Seemannslieder.

Trotzdem geht auf der Insel das Leben weiter. Die Latzhosenmänner hocken auf ihren Bänken, und die Schafe kauen weiter vor sich hin. In der Mittwochskneipe wird getratscht, und die Vögel singen.

Irgendwo weit draußen auf dem Meer tauchen die Wale aus dem Wasser auf, ohne dass sie jemand sieht. Sie sind einfach da, und niemand weiß es.

Und die Riesentintenfische. Wie kurze Blitze, irgendwo in der Dunkelheit.

Danke, Hedvig, dass Du bis zum Ende gelesen hast.
Und danke, Lennart Sjögren, für *Die Vogeljäger.*

Oskar Kroon, geboren 1980, arbeitete früher als Journalist, bevor er sich zum Bäcker umschulen ließ. Heute backt er nur noch ab und zu, wenn neben dem Schreiben und der Familie noch Zeit dafür ist. Sein erstes Kinderbuch *Mitt fönster mot rymden* (»Mein Fenster zum Weltraum«) erschien 2018. Für *Vänta på vind* (»Warten auf Wind«) – der erste Roman von ihm, der ins Deutsche übertragen wurde – erhielt er 2019 den Augustpriset, den renommiertesten Kinder- und Jugendbuchpreis in Schweden.

Aufruf zum Anderssein

Marie ist das komplette Gegenteil von Heddy.
Die kann sich vor Followern kaum retten. Marie dagegen hat genau einen Follower, und zwar analog: ihren besten Freund Espen. Der mag sie so, wie sie ist – ein bisschen tollpatschig, ein bisschen nerdig, ein bisschen anders eben. Doch für das neue Schulprojekt ist Marie gezwungen, sich in die Welt der Likes zu begeben. Unter dem Hashtag *Nörd* startet sie ihren eigenen Blog und wird tatsächlich über Nacht berühmt. Ein Ruhm, der nicht ohne Folgen bleibt.

MINA LYSTAD
Zu cool, um wahr zu sein
ISBN 978-3-7478-0004-1

HUMMEL
BURG

www.hummelburg.de